文庫

電氣人間の虞《おそれ》

詠《よみ》坂《さか》雄二

光 文 社

目次

電氣人間の虞《おそれ》

0

「電気人間って知ってる？」

「……なんだって？」

「電気人間」

エアコンがうんうん言いながら店内を暖めていた。それでも冬の寒さは勝《まさ》りがちだ。郊外型書店の店内にお客は、彼女を除けばひとりしかいなかった。

「ね、聞いたことはない？」

「新手のミュージシャンかい」

レジカウンタの中にいる彼は振り向きもせずそう答える。

彼女はため息を吐《つ》いた。書店で店長を務めている彼と知り合い、この冬で一年半になる。出会ったころは無関心の中に知性と優しさをもって接してくれていた彼は、けれどこのところ元気をなくしていた。理由は判っている。景気が悪いせいだ。

中学三年生の彼女に売上なんて判らないけれど、店の従業員が減ったことは判る。

夜間も、以前は二人のバイトがいたのに、今は彼ひとりで切り盛りしているのだ。だから危惧《きぐ》する関係にはなかったし、本気で心配していたわけでもない。それでも、尊敬している人が気落ちしているのを見るのは気分が重たかった。

そうじゃなくてさと彼女は言った。おばけだよ。

「いや、おばけともまた違うのかなあ。とにかくそういう話があるんだって。ほら、誰から聞いたか忘れちゃったけど、なんとなく知ってる恐《こわ》い話ってあるじゃん。そういうのってなんて言うの。怪談？」

「都市伝説かな」

「今日学校でそんな流れになってさ。電気人間の噂を話したら、クラスの子全員が知ってたんだ。で、結構有名なのかなって思ったわけ」

「僕は知らない。どういう話なんだい」

「電気でできた人間がいるっていうんだよ」

「人が電気でできてるのかい。電気が人の形をしてるんじゃなく？」

「それ、同じことでしょ」

「外見だけ見たらそうだろうけど、都市伝説には物語が付き物だし、物語は普通、由来も説明するものだから、区別しないといけないんじゃないのかなあ……」

喋《しゃべ》りながら彼はレジの中にあるパソコンのキーボードを叩き始める。意識は自分へ向けられているのが判ったので、彼女はこだわらずに続けた。

「きっと人が電気でできてんでしょ。電気人間って名前で、人を襲うってくらいだし」

「人間を襲うのは人間だけってわけか。卓見だけど、そんな考え方をしながらおばけの話をするなんて矛盾だね。——で、そいつがどうしたの」

「語ると現れるんだってさ」

「……今、僕らが語ってるけど」

ぐるりと彼は店内を見渡した。彼女も一緒になって見てみる。ちょうど、店の入口から最後のお客が出ていったところだった。

「どこかにそれらしいものがいるかい？」

「そういうやる気のない突っ込み、やめてよ」

真上にある照明が瞬《またた》いた。彼女はびくっと肩を震わせ、端が黒ずんだ蛍光灯を眺《なが》める。

彼のほうは落ち着いた素振りでため息を吐いた。

「蛍光灯。替えたいところだけど、今期から経費がなかなか認められなくてね。事務所のお茶もトイレットペーパーも自費なんだ」

「……会社、ヤバイの？」

「かなり」

空気が落ち込む気配に、彼女は慌てて話題を引き戻した。それでね。

「電気人間は金属を流れて通り抜けることができるから、閉め切った部屋にも平気で入ってくるし、躰《からだ》がないから寿命もないいんだって」

万能だねと応えてすぐ、彼はこれだと呟《つぶや》き、キーボードを叩く手を休めた。

「何？」

「ググってみたんだ。ネットにあるね、電気人間の噂」

しばらくマウスをいじり、へえと彼は感嘆《かんたん》の声を漏らした。

「人の思考を読むこともできるそうだ。脳の電気信号を読めるからだって」

「脳って脳味噌？　人間って、電気でものを考えてるの」

彼女は頭に手を当て、この中に電気が流れてるのかと思う。少し不思議にも感じた。

まあそうだねと彼は頷《うなず》く。

「神経線維は電気信号を伝えてる。でも、思考の伝達には電気反応だけじゃなく化学反応も関わってるはずだし、頭蓋骨越しじゃその動きも曖昧《あいまい》にしか判らないはずだけど」

「いちいち考えることが細かすぎ」

でもおかしいなと彼はディスプレイを見ながら呟いた。

「電気人間は電気で人を殺す、ともある」

「いや、そんなの当たり前じゃん。じゃないと恐くないし」

「恐がることが目的だったのかい」

「それはそうだよ。怪談とかってそういうもんでしょ。人を殺すおばけが部屋の中にこっそり入ってくるから恐いのであって――」

「そういうの、恐いかな？」

「恐いよ」

けれど彼は腕組みをし、難しい顔で頷かなかった。なんだよーと彼女は彼の胸にパンチを打ち込みながら問う。飲み込めない？　と。

「動機がどこにも書いてないいんだよ。どこから来て何が目的なのか。噂の採取場所は遠海市《とおみし》になってるけど、やたら曖昧だし。元は人間だったって書かれてるけど、どうしてそんなふうになっちゃったのかについての説明もない」

「あ、それは知ってる。戦争の時に作られたんだって」

「戦争って太平洋戦争？　……なんだか都合のいい設定だなぁ。もし仮に戦争の時に作られたとしても、それは人を殺す理由にならないだろ」

「いや、敵をやっつけるために作られたんじゃないの」

「だとしても、日本は今戦争してない」

「暴走してんだよ」

「そういうのを電気人間なんて呼ぶかなあ。人間って付いてるからには、理性で判断して、殺す殺さないを選んでいると思いたいけど」

「じゃあ復讐とかじゃん？　なんかあたし判るよ？　自分がうまくやれてない時に回りがみんなうまくやってたりすると、うわぁ！　ってなって全部壊したくなるし。電気人間って呼ばれるのが自分ひとりだけだったら、そうなるんじゃない」

彼は静かに首を振った。

「そんな動機は六十年以上も保《も》たないはずだよ」

「六十年？」

「今年は二〇〇七年。終戦から数えれば六十二年だ。復讐や損得が飛び越えられる時間じゃない。人を殺すっていうのはもっと……なんて言うか、簡単なことだしね」

「えっ、そうかな？」

「そうだよ。蠅《はえ》を叩くのと一緒さ。サイズが少し大きいだけでね。特に電気人間にとっては簡単なんだろ。それなら動機だって簡単なものになるはずだ。そうじゃなかったら噂になるほど殺し続けられないよ。重たい動機は疲れるからね」

そんなわけないと彼女は思う。けれどすぐには反論できなかった。彼の言葉に、頭ごなしに否定できない重みを感じたのだ。

少し考えてから言った。

「ていうかさ、重たい動機がないと、よし殺そうってとこまでいかなくない？」

「殺人が大変だと思う人ならね。でも、他者を殺すのは生き物ならごく当たり前のことだよ。僕らが食べてるものは九十九パーセント植物か動物の屍体《したい》だろ。なのにそれを罪と感じはしない。殺してるとこを直接見ないからね。カレーをポークとチキンとビーフで迷う時、食材が生きてる姿を思ったりはしないだろ。気分で決めたりする。それと同じで、殺人が大変じゃなければ、動機だって簡単になってくものなんだ」

「ひとり殺すのは深刻だけど、百人殺すのは慣れってこと？」

「そう。ラスコーリニコフ君が望んで遂に得られなかったものさ」

「誰それ」

彼は答えずに遠い眼をし、まあだから疑問だよと付け加えた。何がと彼女が尋《たず》ねると、電気人間の噂がさと言う。

「動機も語られず、殺してる噂だけが広まってるなんてね」

「振っといてなんだけどさ、全部作り話じゃん」

「だったらもっともらしい動機も作られるはずだけど。動機がないことが、逆に信憑性《しんぴょうせい》になってる。出る場所が詳しく語られてないのも、都市伝説としては変だね」

「本物だっていうわけ」

「さあ。理由が不明な現象は対処不能。判らないほうが恐い。これはそういう演出なのかもしれないな。怪談に親しむ人たちの民度がそれだけ上がってるってことなのかも」

「……つまんなくない？　そういうふうに考えるの」

彼女はそう言って視線を逸らした。彼は彼で天井を眺めていた。店内には静かに静かに有線が流れていた。

もしも、と彼は呟いた。

「本当にいるとしたら、訊《き》いてみたいね」

「動機を？」

「そう。どうして殺すんですかって。凄く興味があるよ」

「殺されちゃうよ」

そうだねと頷く彼は妙に淋しそうだった。彼女はだから慌てて次の話題を探し始めた。冬の最中《さなか》、陽《ひ》は落ちていたが、閉店までにはまだ間があった。

1

「電気人間、電気人間、電気人間……」

赤鳥美晴《あかとりみはる》は、そう呟きながら長く続く階段を上っていた。

記憶の中ではもっと幅広で、左右を高い石垣で遮《さえぎ》られていた階段は、けれど久しぶりに訪れた彼女の眼には、ごくありふれた住宅地の御用通路としか映らなかった。変化といえば、ステンレス製の手すりが取り付けられていたことくらいだ。

階段を上りきったところで立ち止まって振り返る。眼下に広がる住宅地の向こうに、やたら気張ったデザインのＪＲ駅の新駅舎が見えた。動くものの姿はまばらだ。

県下第二位の人口を誇る遠海市も、市街地を離れれば閑静なのだ。

気持ち良く味わうには冷たすぎる風が額《ひたい》の汗を乾かしてゆく。吐息が白く濁《にご》り、透明な空に舞い溶けた。ダークブラウンのコートに手を突っ込み、ライトグレーのマフラーから顔を覗《のぞ》かせた彼女は身を震わせる。ショートヘアを選んだことを後悔しているような目つきで肉厚な唇をひとつ舐《な》め、呪《まじな》いを切った。

「――電気人間」

それは語ると現れるという。

実在を信じず、スイッチとして彼女はそのルールを尊重していた。電気人間について調べているのだから当然でもあった。

赤鳥は私立大学で民俗学を専攻している。今日の目的もその立場に由来していた。といっても、とりわけ学問に熱心というわけではない。文献の渉猟《しょうりょう》を含めたフィールドワークこそ肝要と信じる担当教授が、成績ふるわない学生たちに単位とのバーター取引を持ち出した結果だった。冬休みのあいだに何かひとつ、仮説に基づいた実地調査から結論を導《みちび》く必要に迫られた彼女が主題に選んだのが、電気人間の噂だったのだ。

調べ始めるまで赤鳥は、電気人間のことを、よくある都市伝説のひとつだと考えていた。頭にあったのは、人面犬、ミミズバーガー、屍体洗いのアルバイトなどである。

それら新興の怪異は、水道や電気、道路などのインフラが整った結果、人が住めるようになった、歴史の浅い土地に発生したとされている。

そうした経緯から土地との絡みも薄く、地域性に縛られにくい属性を備えており、その軽薄さゆえにテレビや雑誌などのマスメディアに乗ることもたやすく、既存の怪異を上回る速度で全国に広まったという説明もされがちだ。

しかし、電気人間はそうではないようだった。それは赤鳥が幼少期を過ごした遠海市近郊でのみ語られる、地域限定の怪異らしかったのだ。

ネットが全世界を覆《おお》った現在では、生まれたての怪異はあっという間に広まり、個性を得る前に消費される。時代の流れが早いため、流行歌《りゅうこうか》のように怪異も短命に終わってしまう。結果、ひとつひとつの怪異は学問の対象となりがたく、それだけに表面的なことならいくらでも書けるだろう――当初、そう赤鳥は考えていた。

しかし彼女が小学生の時に聞いた電気人間の属性と、今回改めて調べて得た電気人間の属性とのあいだに、差はほとんどなかったのである。電気人間の様式は、彼女が初めて聞いた時に完成していたようなのだ。十年以上の時を経て、けれど電気人間はその噂を全国に広めることもなければ、消えることもなかったことになる。

時に篩《ふる》われて変化のない都市伝説。

――それは骨となる何かがあるからだろうね。

先月、彼女の相談を受けた担当教授はそう語った。恐怖を目的として語られる都市伝説にも流行廃《はやりすた》りがあり、現在は現実味のある恐怖……たとえば異常者による快楽殺人などにシフトしつつある。超常現象のブームは、ノストラダムスの大予言とともに二十世紀へ埋葬されてしまったのだと。しかし、と教授は付け加えもした。

――それでもなお電気人間という怪異が生き残っているのだとすれば、芯となるなにかがあるからかもしれないね。

芯。

怪異の芯になるものは、通常、身内の死やものを食べるといった生死に関わることであったり、爪を切る、歯を磨《みが》く、躰を洗うといった習慣であったりする。また寺社や石碑の存在であったり、それらを中心とした祭事であることもある。そうした変わらぬものは文化の骨となり、親から子へ、子から孫へ伝えられるモノモノの縁《よすが》となる。

集団に伝わる情報を取りまとめ、その骨を浮かびあがらせること。そしてまたほかの集団の骨と接《つ》いで肉付けを試みること。そうしてできあがったシルエットから、人類文化の傾向を推察すること、そういったことが民俗学の基本だと教授は語った。

彼女はほとんど聞き流していたけれど、それでもひとつ頷きは残った。

電気人間にも種《たね》となった何かがあるわけだと。

電気人間を主題に選んだのには、赤鳥なりの理由もあった。

それは彼女にとって、体験したことがある唯一の怪異だったのだ。

まだ小学生だった、ある冬の日の放課後のことだ。赤鳥は教室の窓から眺めた向かいの校舎の屋上に、何かを見つけた。

何を見つけたのかは思い出せない。

その時彼女はそれを変に感じ、間近で見たくなって校舎の階段を駆け上がったのだ。先生からは用もないのに屋上へ出てはいけませんと言われていた。最上階から屋上へ続く階段に足をかけた時に感じた後ろめたさを、今でも赤鳥は思い出せる。掃除場所から除外されているせいで塵《ちり》や埃《ほこり》の積もった階段は薄暗く、それでも埃の上に残る足跡や壁に刻《きざ》まれた落書きに勇気づけられ、彼女は上っていったのだ。

いつもは施錠されている屋上へのドアは開いていた。当たり前だと赤鳥は思った。屋上に誰かがいるんだからと。

だが、ドアを開けて出た屋上には誰もいなかった。

それでも赤鳥は不審には思わなかった。ドアが開いているんだから、ここにいた人はすぐに戻ってくると考え、待つことにした。風を避けようと、日なたに座り込んで。

そして暖かな日差しの中で眠ってしまったのである。

眼が覚めた時、あたりはすっかり暗くなっていた。

照明のない屋上は暗く、空と地面との境目《さかいめ》も曖昧だった。月が出ていなければまったくの闇だったろう。赤鳥はさすがに恐くなり、手探りで壁を伝い、校舎へ続くドアの前に立った。そして恐る恐るノブを捻《ひね》ってみた。

ドアは開いていた。気付かれず施錠されてしまうようなことにはならなかった。ほっとして、けれど不審にも思った。ここにいた人は戻ってこなかったのかなと。

彼女は廊下のところどころに点《とも》る非常口の明かりを頼りに昇降口へと向かった。だがそこは施錠されてしまっていた。

そこだけではない。あらゆる出口が施錠されていた。窓も、一階にあるものはすべて錠が操作できないようになっていた。彼女が通っていた小学校は県下の他校に先駆け、電子ロックをオンラインで管理するシステムを導入していたのだった。

赤鳥は泣きそうになった。ガラスを傘立てや消火器で割れば出られるだろう。けれどそうすれば騒ぎになり、きっと手ひどく怒られてしまう。

——あの時、私は涙を堪《こら》えるので精一杯だった。

赤鳥は思い出す。携帯電話はまだクラスの誰も持っていなかった。電話のある職員室は閉まっていたし、玄関に公衆電話はあったけれど、ポケットにお金もなかった。赤いボタンを押すのは、ガラスを割るより厄介なことになると思えた。

——だから座ってじっと我慢するしかなかったんだ。

昇降口に面した廊下、その低いところにある非常口灯のそばに座り、彼女はどうしようと考えた。そして、その落書きを見つけたのだった。

正面に見える柱、地面すれすれのところ。

『電気人間』

そう、鉛筆で書かれていた。

赤鳥はそのままなぞって呟こうとし、慌てて口元を押さえた。それが何を意味するのか思い出したのだ。この辺りには電気人間がいて、そいつに取り憑《つ》かれると死んでしまう。屍体に傷はなく、だから誰も殺されたとは思わない。怪我《けが》もなく病気でもない人が死んでしまうのは、だから電気人間の仕業なのだ。そして電気人間は――

「名前を呼ぶと現れる」

当時、赤鳥はその噂を恐く思っていた。電気人間がいるかもしれないと思ったからではない。人は突然死んでしまうこともあるのだと、若く、病気でもなく、誰からも恨まれていなかったとしてもいなくなってしまうことがあるのだと思わされるからだった。今の自分みたいに、忘れられてしまうことだってあるんだと。

すると淋しさが込み上げてきて、小学生だった赤鳥は知らず呟いていた。

電気人間さん、と。

「もしいるなら出てきて下さい。ここから出して下さい」

そう言う前と後で世界が変わったようには思えなかった。

彼女は膝に額を乗せ、涙を堪えた。直後、耳が何かを捉《とら》えたのだ。蚊《か》の羽音をもっと微《かす》かにしたような音だった。

赤鳥は周囲を見回したが、何もない。立ち上がり、下駄箱が並んでいるせいで影の多い昇降口を歩き回ってみた。あまりに焦《あせ》っていたので、音が聞こえなくなったことにもしばらく気付けなかった。やはり気になるものはない。

肩を落として非常口灯のところに戻ると、音がまた聞こえた。

今度は立ち上がらず、その場で耳を澄ませた。

音は非常口を示す緑色灯から聞こえていた。緑色に光る表面に手を当ててみると、暖かかった。耳を近付けると際立つ低い音は、蛍光灯が奏《かな》でるものだったのだ。普段は意識しない微かな音を、静寂と淋しさで鋭《するど》くなった聴覚が拾ったのだろう。

赤鳥は失望し、けれど少し安堵《あんど》した。

だから座り直して上げた視線が真正面、昇降口扉のガラスの向こうにぼやっと光る何かを見つけた時、心臓が止まりそうなくらい驚いたのだ。

光にしては明るくなかった。何かが燃えているのだと考えるには赤味もなかった。なのにそのぼやけた輪郭《りんかく》を、人だと赤鳥は奇妙に確信することができた。

「電気人間……さん？」

彼女の呟きへ応えるようにそれは動き、近付いてきた。そしてもう少しでガラスにぶつかるというところで、唐突に消えたのだ。

直後、そこらじゅうで同時にがちっという開錠音が響いた。

彼女は昇降口のドアに駆け寄り、扉を引いてみた。扉自体が重たく、レールに砂が噛《か》んでいたせいでスムーズではなかったが、力を込めるとゆっくり開いていった。赤鳥は下駄箱で靴に履き替え、外に出るとあたりを眺めた。

もう何も見えなかった。

昇降口に背を向けて歩き出そうとした時、再び、がちっと音が響いた。赤鳥は振り返ったが、ドアの錠を確認したりはせず、走って家まで帰った。

家に着いてみると時刻はまだ六時前で、母に帰りが遅いことをたしなめられたものの、それ以上の詮索を受けることはなかった。翌日の学校でも、前日に何かがあったという話は聞かなかった。そこでは日常が当たり前に続いていて、そのせいで彼女は、自分の見たものを話しそびれてしまったのだ。

結局、今に至るまで話しそびれている。

赤鳥は立ち止まり、傍《そば》に立つ電信柱を見上げた。

不囀《さえずらず》という住所表示がある。小学生の時は読めなかったなと彼女は思う。

その向こうに、かつて通っていた市立名坂《なさか》小学校の校門が見えた。

懐《なつ》かしさのあまり、駆け足で近付いていく。

フェンス越しに見える校舎、グラウンド、遊具や体育館などは、彼女が覚えている姿のままだった。サイズだけは記憶の中のそれより小さかったけれど、それすら時間経過の穏《おだ》やかさを示すものに思え、決して嫌には感じなかった。

課題のテーマに電気人間を選んだのも、その実地調査をここから始めようと考えたのも、ごく自然ななりゆきに思えてくる。

かつて味わった怪異を彼女が忘れることはなかった。

体験を錯覚だと説明付けることはできても、その時に感じた、噂話と現実の境が溶け合う感覚は忘れられなかったのだ。彼女が民俗学を、あやかしまでも情報として扱う学問を専攻したのも、遡《さかのぼ》ればその経験ゆえなのかもしれなかった。

怪異を頭ごなしに否定したくはなくとも、鵜《う》呑みにする気もまたなくて。無味乾燥に体系化してゆく姿勢を面白がれず、当初の衝動は薄れていたにしても。

——私の原点はここだ。

そう思いながら彼女は校門を潜《くぐ》った。

2

「電気人間？　それはまたなんとも……ユニークな研究テーマだね」

久し振りに会ったかつての担任教師は赤鳥を快《こころよ》く出迎え、彼女が銘菓の包みを差し出して来訪の目的を話すと、愉しそうにそう言った。

「自分の知ってるもののうち、気楽そうなのを選んだんです」

「結構なことだ。大学生が気楽でいられるのは、それだけ日本が平和ということだよ。僕の時なんて、もう本当に殺伐《さつばつ》としていたもんだ」

「政治の季節ですか」

「さあて、時代が短気だっただけじゃないかな。いや、しかし電気人間か。そういうことに詳しい人は先生方の中にはいないなあ。七不思議のひとつだったっけね」

赤鳥が噂の内容を説明すると、相手は旧軍によって作られたというところに反応した。

「ということは、作られた時期は戦中か戦前ということなのかな」

「だと思います」

「そうか。うーん、いや、参考になるかどうか判らないけれど、学校の裏手に林が広がっているだろう。そこに地下壕があるんだよ」

教師は語った。コンクリートと煉瓦《れんが》で固められているが、ただの倉庫や防空壕とは思われないほどの規模がある。けれど不思議なことに、誰もその由来を知らない。

「いつだったか文化庁の人たちが調査に来たけれど、結局、国史跡の認定は受けられなかったんだ。なんでも記録が残っていないとかで」

「記録がない……」

「うん。このあたりで昔からあるものと言ったらそれくらいだ。そもそもこのあたりが今みたいに開発が進んで賑《にぎ》やかになったのは、戦後のことだからね」

それなら防空壕という可能性は低いんじゃないだろうか。電気人間とは関係なく、純粋に赤鳥は興味を覚えた。第一、研究対象が戦争遺跡になったとしても不都合はない。それならそれで提出できるものになるだろう。

「入口は封鎖されているはずだけれど、竹峰《たけみね》さんが管理していたと思うから。頼めば開けてくれると思うよ」

「竹峰さん、ですか」

「十年くらい前までここで用務員をしていたから、君も会っているはずだけれど」

まったく記憶になかった。彼女が曖昧に頷くと、担任は言った。

「今年で八十六か七になるんじゃないかな。今も元気だよ。市の財務課がうるさく言ってこなかったら、用務員を辞めてもらうことだってなかったんだけど」

「もう隠居されているんですか」

「そのはずだったんだけれどね、よく働く人がやることをなくすとボケちゃうだろう。本人の希望もあって、林の簡単な管理をお願いしているんだよ。あの林は市有だし、お金も民間協力費とかなんとか適当な名目で出して」

「その人に頼めば見学させてもらえるんですか」

「うん。連絡しておくから行ってみるといい」

三十分後、葉を落とした樹木が並ぶ林を赤鳥は歩いていた。

木々の間隔が広いぶん、下生えの密度は高く、種類も豊富だった。緑色に茶色に白色と、色彩がバラバラなら背丈もバラバラである。踏み固められた小道が一筋延びているおかげで歩きにくくはない。どこかで機械の動作音が聞こえていた。

彼女が進んでいくと、小柄な人影が見えてきた。カーキ色の作業服姿で、オレンジ色の機械を肩から吊り、腰のあたりに構えている。聞こえていたのはその機械の音だった。機械が作る風で、小枝や落ち葉を小道から吹き散らしているのだ。

顔に刻まれた皺《しわ》は深かったが、歳《とし》を示すのはそれくらいで、背筋も伸び、足腰もしっかりしている。機械を持つ手にも危なっかしいところはない。

「こんにちはー」

赤鳥が声をかけたが反応はない。機械の動作音でかき消されてしまっているのか、耳が遠いのだろう。前方に回り込み、大振りな仕草を交えて挨拶《あいさつ》すると、彼はやっと気付いて機械を止めた。にこやかな笑顔を見せ、訛《なま》りのきつい喋りで尋ねてくる。

「あんだっか、うろ見てーだとかゆう？」

うろというのが地下壕のことだろうと察し、彼女は頷いた。

「はい。それで鍵をお借りしたいのですがー」

「そらかまわねっけんが、メットやら灯りもねえと。中ぁくれーし、危ねったよ」

ちょお来《き》、と言う竹峰に付いていくと、トタン屋根と波板でできた小屋が現れた。老人はそこからヘルメットと大きな懐中電灯を取り出して赤鳥へ差し出した。ヘルメットは薄汚れており、嗅《か》いだこともないような匂いがしたが、彼女は礼を言い、ためらわずに被《かぶ》ってベルトを顎《あご》で留めた。

「ほんで鍵だけんが――」

竹峰はジャンパーの胸ポケットから錆《さび》の浮いた鍵を取り出した。

それを赤鳥に差し出し、林の中を指差して言う。

「こっちずっと行ったとこにあっからよ。一緒ぉ行けたらいいだけんが、俺も脚がえらいし、勝手してくんな。陽ぃ暮れんのにはまだちっとあっけど、あんま遅くなんねよに。メットやらは小屋ん中入れといてくれたらいいかーよ」

「判りました。お借りしますー」

煙草《たばこ》を点す竹峰に頭を下げ、彼女は示された方角へ歩き出した。

受け取った鍵を見ると、ホルダーには『牢』とマジックで書かれていた。まるで何かを閉じ込めているようなニュアンスだなと赤鳥は思う。

やがて地層剥《む》き出しの崖が見えてきた。人ひとりがようやく通れる大きさの穴が開いており、蓋《ふた》をする格好でコンクリートの外枠と格子扉が嵌《は》め込まれている。外枠には苔《こけ》が生《む》し、格子の塗装も剥《は》げて錆だらけだが、そのため違和感なく崖に溶け込んでいるのだ。最近に作られたものではない。

格子扉には、借りてきた鍵にふさわしい大きな鍵穴があった。こちらも年代物のようだ。それでも彼女が鍵を差し込んで捻ると、すんなり解錠の音は響いた。

赤鳥は格子扉を押し開けた。嫌な軋《きし》み音が響き、闇がぽっかりと口を開く。

なんの気配もない。

彼女は転がっていた石で格子扉を固定すると、自前の軍手を装着した。借りた懐中電灯を点《つ》けて中を照らしてみる。入ってすぐが下り階段になっていて、数メートルほど下がったところで終わり、あとは平らな通路が続くようだった。

「——電気人間」

彼女はひとつ呟き、穴の中に足を踏み入れた。土埃が舞い、湿気《しけ》た空気が鼻を衝《つ》く。足下は土が踏み固められているだけだが、天井と壁はコンクリートと煉瓦で固められている。通路に幅はないが、高さは人ひとりが屈《かが》まず歩ける程度にはあった。

進んでいくと、横穴がいくつも現れた。中はどれも部屋になっていたが、ものはなく、ひたすらがらんとしている。かつて電気が通っていたことを示すコードが天井から垂れ下がっているのが眼を惹《ひ》くだけだ。地下室みたいだと赤鳥は思う。

電気が通っていた以上、突貫《とっかん》で造られた防空壕だとは考えにくい。ちゃんとした目的があって作られ、一度は使われた痕跡も見て取れるのだ。例えば強い光が焼き付けただろう壁の模様、機材が置かれていたらしい地面の跡、手形に見える壁の染みなど。入口が封鎖されているおかげか、古い建造物にありがちな落書きなどはない。

通路は不規則に曲がりながら続いていた。暗闇を歩いているせいで距離感覚が麻痺してくるが、百メートル以上はあるだろうと赤鳥は見当付ける。

——先生は、記録は残っていないと言ってたっけ。

これだけのものの記録が残っていないのは不自然に感じられた。それは残っていないというより、消されてしまったと考えるほうが自然かもしれない。

「……どうでもいいか」

雰囲気はあるが、終わった場所だという印象も強かった。恐くはないし、由来が判らないせいで歴史も感じられない。少し淋しいとは思うが、それだけだった。

やがて赤鳥は扉に突き当たった。

それまで出てきた横穴にも申しわけ程度の扉はあった。けれどそれらは半開きだったり、外れて地面に倒れていたりと、扉の役目を果たしていないものばかりだった。

ところがその扉はきちっと閉まっていた。

金属製で作りもしっかりしている。赤鳥はノブを握ってみたが、動かない。周囲の埃を払うと、やはり大きめの鍵穴が姿を現した。

施錠されているのだ。

入口の格子扉を開けた鍵を取り出してみたが、鍵穴に合わない。少し考え、赤鳥はノックをした。響く音から推察するに、向こうは空間になっているようだ。

「……開かずの扉か」

彼女は呟き、ふと気付いて扉の眼の高さあたりをこすってみた。

土埃が落ちて、部屋の表示が現れる。

第■電■■■■驗室
大半は読み取れない。

それでも赤鳥は持参したデジカメにその表示を収め、来た道を戻り、外に出た。

格子扉を元どおり施錠し、ヘルメットを脱ぐ。ベルトを締めていたせいで頭が蒸《む》れていた。

前髪を気にしながら振り向いた時、視界の隅を何かが横切った。

——子供?

改めて見た時にはもう誰もいない。素速い動きだった。がさがさと茂みをかきわけ走ってゆく音が聞こえたが、それも長くは続かない。

赤鳥は腕時計を見た。午後四時を過ぎている。あたりはだいぶ薄暗い。

林を戻って小屋に辿《たど》り着くと、竹峰老人はさっきと変わらずそこに腰かけ一服しており、彼女の姿を見ると手を挙げた。

「どだったかいよ」

「はい。参考になりました」

「そぉなら良かった」

「結構、あの中は広いんですね」

「そらそっだー。おくにがこしらえたもんだか」

「国？　国があれを造ったんですか」

「そうそう」

「何をするために造ったんです」

「さー。そら忘れっちまったけんど、まー手間かかってて大したもんだわ」

まあったもーと自分の言葉に頷いて、老人は煙草の先端を赤くしてみせる。赤鳥は借りたヘルメットと懐中電灯を返しながら尋ねた。

「突き当たりの扉が開かなかったんですけど、あの向こうには何があるんでしょう」

「どだったか。はー。前見た時はなぁもなかったけんが」

「前っていうのは――」

「もー四十年かそこらになっか」

赤鳥は笑った。彼女が生まれるずっと前のことだ。竹峰の耳が遠くなっておらず、喋ることを億劫《おっくう》がっていないのが救いだと思いつつ、さらに訊いた。

「電気人間というものを御存知ですか？」

電気人間と呟き、竹峰は黙った。しばらくして、あーと声を上げ、何度も頷いた。

「子ぉらがいつだったかゆってたわ」

「子……名坂小学校の生徒ですか」

「そだー。前みたく大勢はいねっけんが、ここらもいい加減遊び場になってっかーよ。そっで格子嵌めるようしたんだけ。別になんかがあったわけじゃーねっだけど」

鍵を返却すると、受け取った老人はふむふむと頷いた。

「そぉでまー、なんであんなもん見に来た？」

赤鳥はためらった。体験はしたものの、電気人間の存在を信じているわけではないのだ。また会えるかもと思っていたわけでもなかった。

——強《し》いて言えば、電気人間の屍体が見たかったのかもしれない。

確かにそんなものはいないと。自分がかつて体験したのは記憶違いか、ちょっとした偶然が重なって起きただけのことだと思いたくて。そうすればまたひとつ、現実のつまらなさへ眼を向けられるようになる。そんな考えがなくはなかった。

そうした想いをおくびにも出さず、彼女は短く答えた。

「……学校の課題なんです」

「ほぉか。そらあ大変だ。んー」

3

「電気人間仮説かな、とりあえずは」

呟いて赤鳥はキーボードを叩き始める。


『電気人間仮説』

電気人間は都市伝説に分類される現代の怪異である。全国に遍在《へんざい》はしないながら、一部地域で根強く語られている、いわば人気のない都市伝説だ。

歴史が浅いことはとりもなおさず、電気という概念そのものが、近代になってから人類が手にした道具であるという歴史的宿命によるところ大であると考えられる。静電気の存在は紀元前から知られていたが、その正体については長く論争の的であり、実際に利用できる形としての電気は、十九世紀までその登場を待たねば……


手を休め、赤鳥は背伸びをした。

名坂小学校の最寄り駅前にあるビジネスホテルの一室である。

彼女はそこでノートパソコンを開き、レポートの下書きをしていた。そのホテルを選んだのは、値段が手頃でインターネットが使えたからだ。電気云々というくだりは、ネットで得た知識の羅列である。赤鳥が通う大学は卒業論文の合否をデータ容量で計ると言われており、彼女も来たるべきその日の準備に余念がなかった。

さらに噂で語られている電気人間の属性を羅列し、名坂小学校の説明と、その裏手の林にある地下壕の説明を書き連《つら》ねる。それから壕内で撮った写真を見比べ、地下壕は何らかの発電施設だったのではないかという仮説を彼女は気分で組み立てていった。


一説によると戦争中に建造されたというその地下壕が、発電施設ないしその実験施設であったとすれば、のちに遺棄《いき》され記録も残っていないことから、それは戦時の秘匿《ひとく》計画であったことが察せられる。その正体がなんであれ、そうした過去は実体や記録が消されてしまってもひとびとの記憶に残り、形を変えて噂話にも上る。

そうしてその近辺で囁《ささや》かれるようになったのが、電気人間なのではないだろうか。

文章にすると思った以上にしっくり来た。最低限の物語にはなっていると赤鳥は思う。

客観的な視座は欠けていたけれど、それこそ彼女が民俗学をつまらないと思う要因だったので、さしあたっては問題もなかった。なんにしても、結論したいものの形すらまだない状態で、とりあえず流れを作っておくのは悪くないだろうと。

電気人間がその属性を曖昧にしながら他所へ広まらないというのは、それが地下壕の存在に頼った都市伝説であるがゆえと考えることもできるだろう。

電気人間という語感からは、元が人間であったという物語が導かれるが、その割に電気人間の属性に肉体性は薄い。都市伝説と呼ばれるものは肉体を伴う怪異であることがほとんどだが、ネット上のサイトやメールを主題とした、肉体を伴わない怪異もある。そこでは、起源の説明に人格が与えられることはあっても、それ自体に共感可能な人格が与えられることはあまりない。

翻《ひるがえ》って電気人間という呼び名は、肉体性の薄い怪異に人間性を与えようとした結果であるとも取れる。そこに、この怪異の特殊性が現れているのかもしれない。

あるいは、地下壕の存在が物語を必要とした過程で、本来なら大人しい物語で済むべきところを、電気人間という形に整えてしまった現象がこの地にあったのかもしれない。電気関係のトラブルが相次ぐ、落雷が頻繁にある——等々。

つーんと耳鳴りのような音を聞き、赤鳥は手を止めた。あたりを見回す。

入口の横に洗面所とユニットバスがあり、奥の部屋にベッドと簡単なデスクがあるシングルルームだ。ベッドのそばにあるテレビには何も映っていない。

彼女は立ち上がって入口の錠を調べた。ちゃんと締まっている。音も一瞬だけだったようで、もう聞こえていない。

だが部屋に戻るとテレビが点いていた。

七時台のニュースが流れている。音量はない。テロップもないのでなんのニュースか判らない。ただアナウンサーが深刻そうな顔で口を忙《いそが》しく動かしている。

赤鳥はリモコンを取り上げ、テレビを消した。それからもう一度部屋を見回す。

何もおかしなものはない。

ベランダに出るカーテンを開けてみた。

二重ガラスに結露はない。夜景が見える立地にはなく、目の前には隣のビルの外壁があるばかりだ。クレセント錠も締まっている。

デスクへ戻ったが、なんだか気が抜けてしまい、キーボードに置いた指は動かない。

シャワーを浴びることにし、赤鳥は靴下を脱いで浴室へ入り、お湯を出した。

洗面所でコンタクトレンズを外そうとし、鏡を見た。彼女の顔が映っている。鏡には取っ手がついていて、手前に開くようになっていた。

その取っ手を摑《つか》んで数秒、赤鳥は動きを止めた。

開けた。

中にはパックに小分けされたシャンプーとトリートメント、使い捨ての歯ブラシと安全カミソリ、櫛《くし》などがカラフルな彩りで並べられていた。

——気にしすぎか。

コンタクトレンズを外し、彼女は服を脱いだ。換気扇のスイッチを入れて浴室へ入る。充分に熱くしたシャワーで、汗と土埃で汚れた躰を気持ちよく洗い流していく。

石鹼を付けたスポンジで躰を洗いながら、赤鳥はふと、四つ年下の幼なじみのことを思い出した。彼との内緒話のようなセックスが頭を過《よ》ぎる。背中に回した手が感じる強張《こわば》った筋肉と、必死な声のおねだりと、乳房を吸われる時に嗅ぐ頭の匂いと、終わる時の焦点の定まらない瞳と、そののちのばつが悪そうにしている顔。そんなものが浮かんでは消えた。怠《だる》いような熱に導かれて指先で深いところを撫《な》でると、そこは充分に潤《うる》んでいた。彼女は全身を強張らせ、シャワーに身を打たせたまま、しばらくひとり遊びに勤《いそ》しんだ。

——

耳鳴りが聞こえた。
躰を震わせてシャワーを止める。
しばらく待ったが、耳鳴りはやまない。
そっと浴室のドアを開け、洗面所に出た。
コンタクトレンズを外しているせいで世界に輪郭がない。なんの気配もない。
それでも何か妙だと思った。
――私のほうがおかしいのか？
バスタオルを被って頭をこすりながら、彼女は洗面所の鏡を見た。
映る顔はぼやけたままだ。耳鳴りは頭の底のほうで絶えず聞こえていた。
無理に笑い、あははと声を上げると、色々なことがバカらしく思えてきた。
「電気人間なんていない」
赤鳥はそう、鏡に映る自分自身へ呟いてみせた。
――もしいてくれたら、もう少し毎日が面白いはずだ。
そこでふと気付き、鏡に映る自分の背後を凝視する。
そして彼女は振り返ろうとして

4

「電気人間ってのはなんだ、おい」

彼の問いにバスルームを調べていた同僚は首を捻り、さぁと応えた。

背後では鑑識課員が作業を続けており、部屋の入口ではホテルの支配人がおっかなびっくり室内を窺《うかが》っている。肝心の屍体はバスルームと隣接した洗面所に転がっていた。もう一度、彼はそちらへと眼を向けた。

若い女が全裸で尻餅をつき、壁にもたれる格好で事切れている。

虚《うつ》ろな眼が床を眺め、躰はだらしなく弛《ゆる》み、脚も開かれて秘所をさらけ出していた。微かにアンモニアが匂うのは、失禁しているからだ。肉感的な躰がシャワーの水滴で湿っていたが、肌に血の気はまるでなく、マネキンよりも色気がない。

荷物にあった学生証は、彼女が県下の私立大に通う学生であることを証していた。

赤鳥美晴。二十一歳。

従業員によれば、彼女は昨夜八時ごろにひとりで訪れ、一泊の予定で宿泊したという。

そして今日、チェックアウトの時刻を過ぎても出てこず、内線呼び出しにも応じなかったので部屋を開けてみたところ、洗面所で死亡していたらしい。

救急車を呼ばず警察へ通報したのは支配人の判断だった。言い分はこうだ。

「一目で亡くなられているのは明らかでしたし、当ホテルと致しましても、消防より警察のほうが都合がよいものですから――」

火事や食中毒ではホテルの落ち度が問われるが、変死ならそんなことはないのだろう。発見時の部屋がどんな様子だったか尋ねると、一切いじってはいないという。

部屋のドアと窓は施錠されており、部屋の鍵は洗面所の籠《かご》の中から見つかっている。籠にはほかにも彼女が脱いだ衣服があり、隣にはパジャマがきちんと畳まれてあった。荷物は必要最小限しか持ち歩かない性格だったのか、着替えの服は見当たらない。財布には、現金が三万円ほど残っていた。

屍体に外傷はなく、死亡時に苦しんで暴れた様子もない。恐らくは病死、それもシャワーを浴び、出てきたところで突然の発作に襲われたという印象だった。鑑識課員も同じ意見なのか、所作に切羽詰まった様子はない。不審死ということで出張《でば》りはしたが、警察医が到着して検案を済ませれば病死で決着という気配が濃厚だ。現場に屍体以外の気配がまるでないこともそうした見方を肯定していた。

それでも所轄で三十年以上刑事を務めてきた彼は、印象と勘に頼りすぎないようにとの自戒を思いつつ、部屋を一通り見て回った。

そして眼に付いたのが、件《くだん》のノートパソコンだったのだ。

マウスに触れると、それは唸《うな》り出して起動を再開した。スリープ状態にあったらしい。だが表示されたテキストはわけが判らないものだった。

電気人間というものについて語っているのだが、それが何なのかが判らない。

同僚だけでなく、制服警官から鑑識課員、ホテルの支配人にまで尋ねたが明確な説明は得られず、結局、大したことではないだろうと思うしかなかった。どう曲解を試みたところで、遺書でないことだけは確かなのだ。

事件性が問える要素はどこにも見当たらない。

強いて取り上げれば遺体が若すぎることくらいだが、若いからと突然死が少ない世の中でもない。躰に注射の跡はなかったが、注射を使うような麻薬が流行《はや》らなくなってもう随分になる。心臓に負担をかける薬物を使用していたのかもしれない。

——いずれにしても他殺の線はまずない。

そう思いつつも、躰に染みついた職業癖から、彼は鍵の管理はどうなっていたのかを支配人に尋ねた。不明になっているスペアキーなどはないという。

また部屋のドアはオートロックで、閉め忘れという現象も起こらない。

つまり中に入るには被害者自身に招き入れてもらうしかない。さらに部屋がある四階に来るには、フロントのエレベータを使うしかないという。ホテルの外壁に非常階段はあるが、そこに出るドアは内側からしか開けられないようになっている。そしてエレベータを使う以上、フロントにある防犯カメラに映らず部屋に辿り着くのは難しい。

それでも念のためと、彼は防犯カメラの録画映像をチェックしてみたが、怪しげな人物は映っておらず、チェックインする赤鳥に不自然な振る舞い——興奮していたり、何かを恐れているような様子もなかった。

そこに至り、ようやく彼は呟いた。

「まず病死だろうな」

「ですね」

同僚はほっとしたように頷いた。彼の用心深さに辟易《へきえき》していたのだろう。

やがてやって来た警察医の見立ても心不全推定であった。

それでも一抹《いちまつ》の疑念は残ったので、彼は義務感から身元確認に訪れた遺族へ承諾解剖を勧めてみたが、頷かれることはなく、刑事としての仕事はそれきりになった。

「でんきにんげん……ですか？」

「そう。知らないわよね。ごめんなさい。おかしなこと聞いて」

「――いいえ」

5

喪服姿の赤鳥の母親は気丈に振る舞っていたが、無理は隠し切れていない。娘の葬儀を終えたばかりの夕刻だ。昨日から色々な人に何度も説明しているだろうことを尋ねた自分が無神経の塊のように思え、日積亭《ひづみとおる》は深く頭を下げた。

小柄な躰と童顔、そして大きな瞳が印象をぼやかしている彼は、私立校に通う高校生である。喪服代わりの学生服には焦《こ》げ跡どころか、皺ひとつない。周囲は彼を優等生と見たし、彼も否定することはなかった。

実際にどうなのかは本人も決めかねている。

哀しげな顔を作って日積は言った。

「美晴姉さんがそんなことを調べてただなんて、僕は全然知りませんでした」

「学校の課題だとかでねぇ。遠海のほうで出るおばけだとか言ってたかしら。亨ちゃんは知らないだろうけど、うちはこっちへ来る前、遠海にいたもんだから」

そうだったんですかと彼は頷く。

実際は、赤鳥美晴本人の口からすでに聞いていた。遠海市へ出かける用事があるから来週はこんなふうに会えないと。去年の末、郊外に建つホテルのベッドの中で。

しかし日積はその時、終わったあとの虚脱に包まれながら赤鳥の背筋に頬を乗せ、その柔らかな肌に触れていることに夢中で、彼女の言葉など気にもしなかった。それを思い出すたびに腑《はらわた》は煮え、だって仕方ないじゃないかという言い訳も立ち上がってくる。

――こんなことになるなんて思わなかったんだから。

赤鳥美晴は死亡した。

報《しら》せを日積が聞いたのは昨日の夕方、暇な冬休みを持てあまし、自分の部屋で寝転がっていた時だった。買い物から帰ってきた妹が教えてくれたのだ。

日積家と赤鳥家はご近所だ。彼が小学生のころに赤鳥家が引っ越してきて以来、そこのひとり娘である美晴と彼は幼なじみの付き合いを続けていた――少なくとも、おたがいの親にはそう認識されていた。きっと美晴姉さんも同じだったんだろうと日積は思う。それを否定したがったのはきっと僕だけだと。

——週末、密《ひそ》かに会ってたのも、あの人には退屈凌《しの》ぎでしかなかったんだから。

それで文句を言うことはできなかった。最初に釘を刺された時に頷いたのも、性欲の赴《おもむ》くままその肉体を貪《むさぼ》ったのも日積が選んだことだった。誘惑を退《しりぞ》けるには彼はあまりに健康で、彼女の手口も巧妙だった。日に一時間足らずのあいだだけ赤鳥は恋人のように振る舞い、そのたび日積は好んで騙《だま》されてきたのだ。

いつか本当の恋人にしてもらえるかもと思いながら。

関係はもう四年ほど続いており、そんな日はまず来ないと判っていても。

彼の知る赤鳥美晴は退屈嫌いだった。相手をひとりに決めるなんてできるわけがない。そう思いながら日積が我慢できたのは、彼女のそうした性格のためでもあった。ほかに何人いたとしても、自分を含めて本命はいないと思えたからだ。

——それとも、その電気人間が美晴姉さんの本命だったのかな。

赤鳥美晴はホテルの部屋で全裸の状態で死亡していたという。シャワーを浴び、躰を拭く間もなく死亡したのだと。検死の結果は心不全らしい。

説明に疑問を感じて日積は尋ねた。

「美晴姉さんは躰が弱かったんですか」

彼女の母親は、そんなこともないのよと首を振った。

「大きな病気は今まで一度もしたことがなくって。警察の人は解剖すれば詳しく判るかもしれないと言っていたのだけど、そこまでするのもちょっとねえ。死因が判ったところで、あの子は戻らないのだし」

納得がいかない想いは母親のほうがずっと強いということに思い至り、彼はまたひとつ自分の無神経を悔やみ、警察の判断を信じようとした。

赤鳥の母親は努めて明るい声で言う。

「ごめんなさいね、気を遣《つか》ってもらっちゃって」

「いいえ。……僕にできることがあれば、なんでも言って下さい」

「ありがとうね。そう、美晴が亨ちゃんから借りてたもの、何かあったんじゃない？」

「えっ。あ、はい。ＣＤが何枚かありましたけど……」

「私じゃちょっと判らないから、あの子の部屋から探して持っていってくれる？」

別に今じゃなくてもという言葉を飲み込み、日積は立ち上がった。やるべきことが残っているから取り乱さずにいられるのだろうと察したのだ。

赤鳥美晴の部屋に向かい、いちおうノックをして日積は足を踏み入れた。

ずっと以前に入った時に見たジャニーズのポスターは子犬のカレンダーになっており、暖色でまとめられていた色彩も緑系統に寄っている。

そんな少女趣味も薄くなりつつある部屋に、日積は赤鳥の残り香を嗅いだ。粉っぽい香りには覚えがあった。たまに彼女が付けていた香水だ。その名を何度も聞きながら、今、思い出すことができないことを悔しく思う。

赤鳥が普段持ち歩いていたノートパソコンがデスクにあり、日積は尋ねた。

「荷物、戻ってきたんですね」

「警察の人が届けてくれたの。まだ片付ける気にはなれないのだけれど」

ノートパソコンには電源アダプタが接続されていない。

それを見た時だった。

ふうっ、と日積の心を何かが横切った。

日積は棚から彼女に貸していたＣＤを取ると、赤鳥の母親が背を向けて雨戸を開けている隙《すき》に、パソコンのスロットから切手大のメモリーカードを抜き取った。

振り向いた赤鳥の母親に、ＣＤを掲げて言う。

「それじゃ、確かに返してもらいました」

赤鳥家の敷居を跨《また》ぐまで躰は芯から冷えていたのに、玄関口で赤鳥の母親に頭を下げた途端、心臓が脈打ち出すのを日積は感じた。自宅の玄関で清めの塩を妹に振ってもらうのもそこそこに、飛び込むように自分の部屋へ籠もる。

パソコンのOSが立ち上がるあいだ、メモリーカードを眺め、どうしてこんなことをしたんだろうと考えた。コンビニでチロルチョコをくすねるのとは違う。スリルや優越感のためでは断じてなかった。

——義務かもしれない。

そんな言い訳は、後ろめたさを加速させただけだった。

その想いから逃れようと、彼は手を動かし続けた。

メモリーカードの中身は雑然としていた。雑多なバックアップに使っていたようだ。更新日時でソートしてみると、いちばん上にテキストファイルが来た。

ファイル名は〈denki_ningen.txt〉。更新日時は昨日の昼すぎになっている。

彼は訝《いぶか》しんだ。赤鳥美晴が死亡したのは一昨日《おととい》の夜と聞いていた。遺体が見つかったのは翌日、つまり昨日の午前中のことだと。

ファイルは明らかに死亡後、遺体発見のあとに更新されている。警察がファイルを覗いたのだとしても、それを改変するわけはない。

日積は考え、あるいはこういうことだったのかもしれないと思う。

——遺体が発見された時、パソコンは起動していて、編集途中の文章が表示されていた。警察はパソコンを回収する時にそれを閉じようとしたはず。

——テキストエディタを閉じた時に内容が変更されていれば、上書きの注意は出るはずだけれど、そこで気にせずエンターでも押してしまえばファイルは更新されてしまう。その日時が記録されただけだ、きっと。

——そう、美晴姉さんは文章を書いている途中で気分転換をしたくなったのかもしれない。それでシャワーを浴びることにした。そして——

死んだ。

「………」

まだ何かがおかしいと日積は思う。

だが何がおかしいのか判らない。

判らないまま彼はそのテキストファイルを開いてみた。

電気人間という怪異について語ったもので、その基盤となったものが遠海市南部にある地下壕に存在するのではないかという仮説の途中で終わっている。

だがスクロールバーにはまだ余白があった。

続きがあるのだ。

長い改行の果てに出てきた文章は、次のようなものだった。

語ると現れる。

人の思考を読む。

導体を流れ抜ける。

旧軍により作られる。

電気で綺麗に人を殺す。


電気人間の特徴だろうかと日積は思う。

それを眺めているうち、彼はさっきの違和感の正体に思い至った。

——レポート書きの気分転換にシャワーを浴びるのはいい。よくあることだしよく判る。パソコンを起動させたままでおくのも、シャットダウンしてしまえば、二度と書く気が起こらなくなってしまうからだろう。けれど……

「文章を保存しないでパソコンから離れたりするかな」

——テキストの保存なんて一瞬だ。面倒なことでもない。けれどファイルの更新日時は屍体発見後になっている。その時、ファイルが変更されていたのは確かだ。一体どこが変更されたのかも気になるけれど、それより——

「誰が変更したんだ？」

――美晴姉さんではない。姉さんはシャワーを出て躰を拭く間もなく死んだ。文章をいじる暇なんてない。それじゃ一体、誰が？

考えても判るはずはなかったが、変更箇所のあたりはついた。長い改行の果てに出てきた数行だ。日積はディスプレイのテキストを睨《にら》み付けて思う。

――この部分は、美晴姉さんが死んだあとに付け加えられたのかもしれない。

ちょっとした疑問はみるみる疑念へ変わっていった。砂粒大しかなかった義務感も膨《ふく》れていく。彼の疑念には根拠が薄かった。そのことを日積自身うっすらと気付いてもいた。だから吟味《ぎんみ》を取りやめたのだった。暴走したかったからだ。

あまりに恣意的《しいてき》な思考が走り出す。

――誰の仕業かは判らない。判らないけれどっ！

「そいつが美晴姉さんを殺したんだ」

直情に動かされ、彼はティッシュを摑んだ。

瞼《まぶた》の裏に赤鳥の裸体を幻視する。

何者かがシャワーの水音聞こえる浴室の外で蹲《うずくま》っている。

そこへ何も知らない赤鳥が、日積とことに及ぶ時そうしていたように、浴室からタオルを被り、頭と顔を拭きながら出てくるのだ。

濡れた肌は上気し色付いていて、手入れされた陰毛の黒と、肉厚な唇を舐め這《は》う舌のピンク色が眼に留まる。何者かはそんな彼女の不意を打って床へ倒し、組み敷くと、重力に挑戦するように乳首を上向けた乳房を鷲摑《わしづか》みにして嬲《なぶ》り――

黒い影はいつしか日積自身になっていた。

彼は妄想の乳房を口に含んだり、死んだ彼女に抱き締められたり、涙を流したりする。湿った吐息を荒くしたり、コンドームを付けるタイミングを見計らったりする。背後から犯し、上から犯され、汗を舐め合ったりする。額をぶつけてキスを交わし合い、笑ったり嫌な顔をする赤鳥の仕草にいちいち喜んだり気落ちしたりする。

そうして何度も何度も絶頂と嗚咽《おえつ》を繰り返す。

泣きながら。笑いながら。怒りながら。

やがて涙と精液は尽き、自室のベッドの上、倦怠《けんたい》と虚脱が呼び込んだ想念の中で、日積はひとり決意を完了させた。

――美晴姉さん。

「僕が仇《かたき》を討ってあげるよ」

――僕が電気人間を捜し出して、殺してやる。

『電気人間は都市伝説に分類される現代の怪異である。全国にへんありはしないながら、一部地域で……』

6

iPodのイヤホンから流れる自身の語りを聞きながら、日積は足を止めた。

正月の匂いも消えた通りの向かいに大学の門が見える。赤鳥美晴が通っていた大学だ。出入りする学生たちの姿に、彼はほんの少し気後《きおく》れを感じた。

火曜の午前、いつもは高校で授業を受けている時間帯である。

それを無視して日積がやってきたのは、昨夜の覚悟のせいだった。いつもの道から外れていることは気にならない。それどころか、見慣れない景色で見慣れない他人を見るたび、彼は非日常を往く自分を自覚して奮《ふる》い立つことができた。空は晴れ渡り、ひたすら眩《まぶ》しい太陽が充実した一日を予感させていたせいもあったろう。

赤鳥美晴が残したテキストを朗読で聞いているのは、文字を読むのが得意ではない日積が、得意でないなりに文章を頭に入れようと工夫した結果だった。

昨夜からエンドレスに聞いているおかげで、大体は理解したつもりになっている。難しい漢字が多く使われ、読みがところどころ怪しいことなどどうでもよかった。

その結果、気付けたこともあった。

――美晴姉さんは、電気人間の存在を信じてはいなかった。現実にいないものが長いあいだ語られている理由を調べていただけだ。それなのに殺された。電気人間を調べることが誰かの損になったのか。それともほかに理由があるのか。

そうした気付きはたやすく彼の中で肥大してゆく。

――電気人間を調べていたから、姉さんは電気で殺されたんだ。

――ああそうだ。電気で人を殺す犯罪はきっと少ないんだ。だから警察も見落とした。本当は他殺なのに、病死としてしまったんだ。

――それこそ犯人の計画だったんだろう。もし美晴姉さんが死んだことを誰かがおかしく思ったとしても、電気人間に遭遇したのかもって考えが邪魔して、まともに調べられなくさせようというもくろみだったんだ。

電気人間を知らないかと赤鳥の母親に尋ねられたことを日積は思い出す。

――あんなふうに、疑いは実在する誰かじゃなく、まず電気人間に向けられてしまう。そのほうが楽で納得しやすいから。

――けれど、そういう計算があったということは手がかりにもなるはずだ。美晴姉さんが電気人間について調べていたことを知らなければ、こんな計画は思い付かない。大体、電気で殺すなんて、準備なしにできることじゃない。

――とにかく一度、美晴姉さんを知る人に話を聞くべきだ。

日積はそう考え、彼女の大学へやってきたのだった。案内図を見て社会学部棟へと向かい、そこで葬儀の時に見た顔を探し始める。それ以上積極的な手段を選ぶ気はなかった。自分の覚悟はいつ揺らぎだすか判らない。やっていることが暴走に過ぎないものだとも、頭の片隅で判っていたせいだった。

葬儀で見かけた女性を発見したのは、昼近くになってからだった。

細面《ほそおもて》で気の強そうな顔立ちの彼女は、日積が赤鳥美晴の弟ですと騙《かた》ると、悔やみの言葉を述べた。姉の荷物を取りに来たんですと日積は言う。

「できれば、姉がお世話になっていた先生にも挨拶をしておきたくて」

「そう。……うん、すぐそこだから案内してあげるよ」

「ありがとうございます」

歩きながら日積は学校での赤鳥の振る舞いを尋ねたが、彼が知るとおりの評判が得られただけだった。恋人も、特にいなかったはずだという。

「美晴《ハル》は割合、独りでいて平気な子だったから。レポートのテーマだって、ガイドブックにあるような名所を回ればできあがるようなのにすればって言ったのに、今はこれが気になるって言ってきかなかったのよ」

「そうですか」

「家では、そんなじゃなかった？」

「僕にはいい姉さんでした」

「そっか。うん。——あ、ここだよ」

案内された部屋にいた赤鳥の担当教授は、初老の男性だった。銀髪で痩《や》せており、枯れた雰囲気を漂わせていたが、眼光には鋭いものが潜んでいる。挨拶もそこそこに、日積は赤鳥が研究に電気人間を選んだ理由を尋ねた。

「どうだったろう。かつて住んでいた土地で採取した物語であるとは聞いたけれども」

落ち着いて語る教授の姿に反感を覚え、日積はうんとバカを装《よそお》って訊いた。

「電気人間というのは、その、現実にいるものなんでしょうか？」

「いるよ」

「いる……んですか」

「間違いなくいる。語られる以上、それは存在している」

「作り話でも、ですか」

「ふむ、これが例えば個人の頭の中にしかないものなら、妄想で片付けられる。しかし彼女が調べていた電気人間はある集団で一定期間――少なくとも十年ほど語られていたようだった。それならいると考えてさしつかえはない」

そして教授は語った。

怪異にも生存競争はあり、時間による淘汰《とうた》を免《まぬが》れるのは楽ではないということ。生き残る理由も多様で、それ自体に語りたくなる魅力があるといったものから、土地や集団の秘密に由来するというような、外部からは判りにくいものもあるなど。

「学生たちの怪異に対する興味の持ち方も多様でね。好きだからという者もいれば、そこにある理屈が面白いからという者もいる。嫌いで否定したいから調べるという者もいる。学生という身分は、なるほどモラトリアムには違いない。当然、色々な考えがひとつの空間に同居することになるわけだ。面白いだろう」

「姉さんは、電気人間をどう考えてたんでしょうか」

「否定したがってはいただろう。しかし否定したがるということは、かつて肯定していたか、少なくともその期待を拭《ぬぐ》いきれない者が抱《いだ》く想いだ。まあ、些細《ささい》なことだろうが」

「どうしてです」

「彼女が電気人間を調べていた理由の大半は、それが課題だったからにすぎない。あまり勉強に熱心な学生だとは言えなかったからね」

「姉さんは、死ぬ直前までレポートを書いてましたよ」

「それは興味があるな。是非《ぜひ》読ませてくれないかい」

「今はちょっと。姉さんのパソコンに入ってて」

「それなら好都合だ。メールで送ってくれたまえ」

メールアドレスを書き付けたメモを押し付けられ、日積は部屋を出た。

廊下にはそこまで彼を連れてきてくれた赤鳥の友人が待っていた。彼女は日積の眼をまっすぐ見ながら、紺色のバッグを差し出してきた。

「これ、ゼミ室に残ってた美晴の荷物」

「あ、ありがとうございます」

「うん。言ってもしょうがないことだけど、元気出しなね」

じゃあと立ち去ろうとする彼女に、彼は声をかけた。

「あのっ」

「――ん？」

「最近、姉さんに何か変わった様子、ありませんでしたか」

彼女は少し視線をさまよわせてから軽く微笑《ほほえ》み、首を振った。

「別になかったと思うけれど。大晦日《おおみそか》に会った時も、普通に無駄話して別れたし」

「レポートの進み具合とか、話したりしませんでしたか」

「うーん。そういえば、おまじないとか言って呟いてたな。電気人間、電気人間、って」

「電気人間、電気人間……？」

「そんなふうに呼べばそれは現れるんだってさ。別にお酒が入ってたわけでもないのに、そういうことができたんだよね美晴は」

淋しげに言う彼女と別れ、日積は大学をあとにした。

駅前のマクドナルドに立ち寄り、席で赤鳥の荷物だと渡されたバッグを開けてみる。

マイカップ、文庫本、ハンドタオル、手鏡、化粧品、キットカット、そんな中身に混じり、都市地図が入っていた。

遠海市のものだった。

日積は地図をテーブルに広げた。市の南部にある白名坂《しらなざか》という地名にチェックがあり、近くの学校を示す地図記号が赤ペンで囲われている。横に『名坂小学校』と書かれ、駅からそこまでのルートがなぞられてもいた。

しばらく眺めるうち、日積は自己嫌悪が湧いてくるのを感じた。

大学では大した情報を得ることができなかった。いや、赤鳥美晴が電気人間を調べていることを知る誰かが彼女を殺した——そう思って動いたのに、いざ彼女の友人や担当教授に会っても、突っ込んだ質問ができなかったのだ。

まるで最初からそうした計画だったというように。

いつものパターンだった。どれだけ高ぶった想いも睡眠を超えられない。眠れば気持ちは萎《な》え、躰は重たくなり、現実に動くより自己嫌悪を相手にしているほうがずっと楽だと気付いてしまう。そうだと日積は今更に思う。

——美晴姉さんとの遊びだけが、そんな僕のリアルだった。あの人が死んじゃった以上、早く次のリアルを僕は見つけなくちゃいけないんだ。

復讐などというものではない、別の何かを。

だがそれは理性の意見でしかなかった。無気力に慣れず、合理に従うこともよしとできない。そんな自分の半端さを自覚すれば、世界に反感も湧いてくる。

広げた地図に急《せ》かされ、日積は立ち上がった。

怠惰《たいだ》の機嫌を窺いながら思う。

——明日、遠海市へ行ってみよう。

7

「電気人間、電気人間、電気人間――」

日積は長い階段を上りきったところで立ち止まり、呟きを切った。

顔を上げると、緑色のフェンスに取り囲まれた小学校の敷地が見えた。

市立名坂小学校。かつて赤鳥美晴が通い、電気人間が七不思議のひとつとして語られていた――もしかしたら今も語られている場所だ。

下校時刻らしく、大勢の小学生が歩いていた。おたがい小突きあいながら走る一群がいれば、ランドセルのベルトを握り締めて俯《うつむ》き歩いている子や、どんなルールに従っての行動なのか、声を上げて全力疾走で走り去ってゆく子もいた。校門の前で、教師がそんなひとりひとりにさようならを言っている。

校門前を通り過ぎ、フェンス越しにグラウンドや校舎を眺めながら、日積は懐かしさを感じた。彼が小学生だったのはまだ五年前のことだし、もちろん通っていた学校もここではないのだが、それでも。漂う空気のせいかもしれなかった。

ふと、小学校は異世界だと日積は思う。

――中学高校と進むうち、学校はだんだん普通になっていく。そうやって僕らは世界に慣らされていくんだ。冷たいプールに入る時みたく、心臓麻痺で死んでしまわないよう温度に慣れることで、少しずつ人間になっていくんだろう。世界にあまり慣れていない小学生は、だからまだ人間じゃないいんだ。

虫を嬉々として捕まえていたかつての自分と、築いた死屍の山を日積は思い出す。育てられずに死なすのではなく、苦しみ悶《もだ》える姿を愉しむわけでもなく、ただ殺して動機を問わなかった自分を思い出す。今とはまったくの別人だと。

いやと日積は思い直す。

この半年、彼の関心は赤鳥との遊びにしかなかった。

――だったらやっぱり同じなんだろうか。生殖に繋がらないのなら、それは精子の大量虐殺でしかない。ましてや美晴姉さんの復讐を誓ってるんだから、何も変わってないのかもしれない。あぁそうだ。ぼくは今もまだ殺すことを問わないままだ。

学校の裏手に回ると、舗装は途中で終わっていた。土を踏み固めただけの道が、枝に残る葉も疎《まば》らな木々たちの林へと消えている。

赤鳥の残したテキストによれば、その奥に地下壕があるという。

日積は携帯を取り出した。着信とメールが何件かあるが、それらを無視して時刻を確認する。午後三時すぎ。緑より灰色と黒が目立つ景色は、冬だというのにねとつく匂いに満ちているようで、変に不気味だった。

美晴姉さんもこんな気分になったんだろうかと彼は思う。

——いや、あの人はいつだって真剣であり続けようとはしなかった。少し真剣になっても、すぐふざけたり、無視したり、ごまかしたりだった。退屈凌ぎで色々やるくせに、本気になるのが恐かったんだ。電気人間もきっとそんなことのひとつだったんだ。

——それで死んじゃうなんてバカだ。

——その復讐をしようなんて僕は、もっとバカだけれど。

頭を振り、日積は小道を進んでいった。

地下壕の場所は不明だった。赤鳥の残した記録にも詳しい説明はなく、誰に尋ねればいいのかも判らない。それでも彼は歩き続けた。

木々は枝振りで小道をまだらに翳《かげ》らせている。風がないせいもあるだろう。落ち葉がそこらじゅうを覆っていたが、道の幅だけは綺麗になっていた。日積は手袋の中に吐息を吹き込み、祈りのように呟きながら進んでいく。

「出てこい、出てこい……電気人間」

ふと一本の木の根元に彼は眼を留めた。ほかと比べて特別幹が太かったわけではない。そこに場違いに思えるものがあったのだ。

黒いランドセルだ。

起伏はなだらかだが道は曲がっていて、先は窺えない。周囲にあるのは草木ばかり。そんな景色でランドセルは浮いており、妙な恐ささえ漂わせている。

日積は恐る恐る近付いて、そのランドセルを摑んだ。

その時だ。

林の奥から落ち葉を踏み分ける音が聞こえ、黄色い学帽を被った少年が現れた。

少年はランドセルを持った彼を見て気圧《けお》されたように立ち止まったが、日積が君のかいと言って差し出すと、小さく会釈して受け取った。コートとズボンで着膨《きぶく》れした躰に明るい雰囲気はないが、寒気に赤らんだ顔は真面目《まじめ》そうに見える。胸に名札はなく、雰囲気で五、六年生だろうと日積は見当付けた。思い切って尋ねる。

「電気人間って知ってる？」

「………」

「あっと、そこの名坂小学校の子だよね？」

「そーだけど」

「電気人間って七不思議があるだろ」

男の子は日積の背後をちらちらと窺いながら頷く。振り返ったが、気を惹くようなものは何も見えない。日積は男の子に向き直り、それを調べているんだと続けた。

「僕は日積亨って言うんだけど、君は？」

「……韮澤秀斗《にらさわしゅうと》」

「しゅうと、か。格好いい名前じゃん。どう書くの」

「ひいでるにたたかう」

なるほどねと日積は頷いたが、頭に漢字は浮かんでいない。

「僕は、電気人間の噂を調べようと思って来たんだけど――」

「名坂小の卒業生じゃねーの？」

「違うよ。電気人間のことは噂で聞いたんだ、君は見たことある？」

韮澤は黙って地面を眺めた。しばらく日積を上目遣いで窺い、やっと口を開く。

「つーか」

「しゅーとぉ！」

突然、甲高い叫び声が響いた。

韮澤は日積の背後を見やり、顔を顰《しか》めた。

釣られて彼が振り返ると、ベージュのパーカーにジーンズという格好の影が脇をすり抜け、韮澤へとぶつかった。少年はそれを慣れた感じで持ちこたえる。

そこで日積は、相手が女の子であることに気付いた。

彼女は韮澤の肩をひっぱたいて笑う。元気そうだね秀斗君と。

「さすがはあたしの恋人！」

「決めつけんな」

ふてくされ顔で韮澤は応えたが、躁《そう》状態の少女に堪《こた》える様子もない。彼女は日積のほうを見ると、肘《ひじ》で韮澤を突っついた。

「で？　こちらのお兄さんはどなた？」

「……日積とかゆう人」

「日積さんですか！　初めましてよろしく。そうです！　あたしが剣崎絢《けんざきあや》です！」

「今噂してたみたいに言うな。会ったばっかだよ」

「あそうなの？　そうなんですかー？」

「うん、まぁ……」

ぐいぐい尋ねてくる剣崎に圧倒されつつ、日積は笑みを繕《つくろ》って頷いた。

「で？　何話してたの二人して？　内緒話？」

韮澤は答えない。剣崎は二人を交互に見ている。仕方なく日積は説明した。

「僕は電気人間について調べていて——」

「電気人間！」

彼女は叫ぶと、その場で足踏みを始めた。今にもまた駆け出してゆきそうだ。

「電気人間だって！　電気人間だってばよ！　秀斗！」

「判ってるよ。大声出すな。……服引っ張んなって！」

「電気人間ったら、あの電気人間でしょう？」

物凄い食い付きの剣崎から顔を背《そむ》け、ため息をひとつ韮澤は漏らした。それらすべてが自分の責任のように思われて、日積はええとと額を掻《か》く。

「その、剣崎君」

「あやっちって呼んでいいですよ！」

「……剣崎君は、電気人間を知ってるのかい」

「知ってるも何も、それはあたしたちの仕事ですから！」

「あたし……たち？」

「はい！」

少女は嫌がる韮澤の腕を取り、ピースサインを水平に構えてウィンクをしてみせた。

「市立名坂小学校に在りし怪奇調査部ことカラーズとは、あたしたちのことです！」

見れば、少女が着るパーカーの衿元《えりもと》にワッペンが縫いつけてあった。そこに〈COllect Lost Of Rule Section〉とミシン刺繍が施されている。常態の喪失を収集する部門《コレクト・ロスト・オブ・ルール・セクション》。イニシャルを拾ってCOLORS《カラーズ》なんだなと日積は納得した。

「仕事って、電気人間を調べることが？」

「電気人間に限らず、おかしな話や噂は全部あたしたちが解き明かしていくんです！」

清々《すがすが》しく言い切って剣崎は胸を張る。脇で韮澤は頭を掻きむしっていた。

「……ええと、剣崎君は電気人間を見たことがあるのかな？」

「ありません！」

「あ、ないんだ……」

「ていうか、いるわけないじゃないですか！　えっ？　まさか日積さんはいると思ってるんですかそんなものが？」

美晴姉さんはそいつに殺されたんだという台詞《せりふ》が浮かんだが、口には出せなかった。相手が小学生だからではない。少女の言い分が正しく思えたのだ。

「まぁ、いたらいいなあとは思ってるけど」

「ダメダメじゃないですか！　いたらいいって思ってると、本当に見ちゃうんですよ？」

人差し指を振って科学的思考ですと剣崎は言い、まったく脈絡なくやっふーと叫んで韮澤の頭を掻き回す。うざったそうに振り払われても笑い続けた。

「あっは、でもそれじゃあ秀斗と話が合うわけだ！」

「……剣崎、あのなー」

「聞いて下さいよ日積さん。秀斗ってばもー子供なんですよ。まだ七不思議とか信じてるんです。電気人間だっているって信じてんでしょ？」

「信じるとか信じないとかじゃねーんだよ」

「この調子です。ウケません？」

これも惚気《のろけ》かと日積は思う。けれど身勝手な振る舞いの剣崎は不快ではなく、驚きつつ微笑むこともできた。彼女の言うとおりだという想いもあった。怪談なんて、信じて恐がるか笑い飛ばしてしまうのが正しい向き合い方だと。

——美晴姉さんみたいに、否定しながら調べるなんて間違ってる。

——けれど、美晴姉さんは間違ったから死んだんだろうか。

そんなわけはなかった。

ちょっと前のことになるけどと日積は言った。

「ここに女の人が来なかったかな。軽い感じでポヤンとした眼の。大学生なんだけど」

「大学生のお姉さんですか。うーん、ちょっと見たことはないですけど」

それ誰と韮澤に問われ、日積は曖昧に説明することにした。

「その人が元々電気人間を調べてたんだよ。それで僕も興味を持ったんだ。ええと、剣崎君は否定派で、韮澤君が実在派なわけだよね」

「まあそんなとこです」

「ほかのメンバーの意見はどうなのかな。カラーズ全体がどっちかに傾いてるとかある？」

「二分《にぶん》です。カラーズってあたしと秀斗しかいませんから」

「……そうなの？」

「はい！」

「じゃあさ、電気人間の正体ってなんだと思う？」

「正体？　元ネタってことですか」

うーんと剣崎は腕を組んで唸り、むずかしいとこですねーとしかつめらしく呟いた。

「誰かの思い付きかなー。電気人間って呼び名もどっか抜けてますよね。普通こういうのって化けた人の本名で呼んだりするのに。そのせいで、人間って付いてるのに人間ぽくないんですよね。そこがまた面白いトコなんですけど！」

「うん。それで結局――」

「だから響きです！　響き」

「響き？」

「はい。電気人間って響きが、電気人間の正体だとあたしは思います！　……笑えるじゃないですかデンキニンゲンって。さっぱりわけわかんないとことか」

日積には判らない。しかし判らないなりに思い出すことがあった。赤鳥のテキストにあった、電気人間は遠海市近郊でだけ語られているという説明だ。

——それはひょっとして、この子みたいに面白いと思う人が少ないからなのか。

黙っていた韮澤がぼそりと言った。

「あんま適当なこと言うなよ」

「適当？　あたしはいつだって本気だってば！　電気人間とかを信じてる秀斗のほうが、ずっと真剣にならなきゃでしょ」

「あのなあ」

悪くなってきた雰囲気を払おうと、日積は割って入った。

「電気人間は、戦争の時に作られたっていう噂があるんだよね」

「よく知ってますね！　でもそれもバカバカしいですよー。うまいオチが思い付かなかったから、大昔の戦争が原因だなんて適当に言ってみちゃったりしてっ！」

「このあたりに、戦争の時に作られた洞穴《ほらあな》っていうか、地下壕、防空壕かな？　そういうものがあるって聞いたんだけれど、知らない？」

「知ってます」

「そう。……えっ！　知ってるの？」

「知らないわけはないでしょう。あんな面白スポットをあたしたちカラーズが！」

倒置法で見得《みえ》を切るのに忙しい剣崎から視線を外し、日積は改めて菲澤に尋ねた。

「その場所、判るかな」

「判るけど、どーして見たいんだよ」

「電気人間を調べるなんて言ってみても、漠然とした噂でしかないしね、眼に付いたものはなんでも調べてみようと思ってるんだ」

ふたたび案内を頼むと剣崎のほうが二つ返事で応え、菲澤と一緒に歩き出す。二人のあとに付いていくと、拍子抜けするほどあっさりそれは現れた。

崖に開いた穴がコンクリートで縁取《ふちど》られ、格子扉が嵌っている。

錆の浮いた格子を握ると、手袋越しにひんやりとした感触が伝わってきた。日積はそのまま前後に揺すってみる。建て付けはしっかりしていて、簡単には外れそうもない。大きな鍵穴の頑丈そうな錠も付いているのだ。

彼はその向こう――下方へ傾斜しながら続く穴を眺めた。

まったくの闇だった。

――美晴姉さんは、確かにこの中に入っているんだ。

日積は振り向いて、二人のどちらにともなく尋ねた。

「ここを開ける鍵はどこにあるのかな」

「竹峰のおじいちゃんが持ってるはずですよー」

「竹峰のおじいちゃん?」

「はい!　この林をいつも掃除してくれてたおじいちゃんで」

「掃除して……くれてた?」

過去形を指摘すると、死んじゃいましたと元気良く剣崎は答えた。

「昨日、学校で全校集会があって、その話があったんです。死んじゃったのは一昨日かな。前に、ウチの学校で用務員をしてたこともあったらしくて」

日積は妙な違和を感じた。なんだろうと考えてみても判らない。ただ因果の糸を踏みつけた感触があった。竹峰という老人が地下壕の鍵を持っていたというのなら、地下壕に入った赤鳥は竹峰老人に会ってもいるはずだ。

その二人がともに死んでいる。

しかも赤鳥美晴が死亡したのは土曜の夜。一方、竹峰老人が死亡したのは一昨日——つまり月曜だ。間隔が空いていない。

「……どうして死んだかとかは聞いてる?」

「病気だって言ってたかなー」

「病気ね。……その竹峰さんの家って、どこにあるのかな」

「あたしは知りません。秀斗はどう?」

「知らねーよ」

「向こうに小屋あるじゃんか。おじいちゃん、いつもあそこで休んでなかったっけ」

「あれは道具置場だろ。住めねーしあんなとこ」

そっかーと応え、だそうですと剣崎は言う。

日積は気持ちが高ぶるのを感じた。色々なものが頭の中で組み合さってゆく。

——電気人間は人を殺す。姿形は判らない。どこにでも現れるというのも不気味だ。けれどそれらは恐怖の芯じゃないだろう。電気人間を恐いものにしているのはきっと、それが人を殺すと語られている点だ。

——それなら電気人間の正体というのは……

8

「でんきにんげん、で、検索っと」

呟きながら日積はキーボードを叩いた。結果はやたらゆっくり表示された。

『お探しの単語の検索結果は0件でした』

彼は額を掻いた。ため息をそっと零《こぼ》したつもりが、静かな館内では大きく響いてしまう。おっかなびっくり見回してみたが、彼に注目する人間はいなかった。市内にある図書館の蔵書をオンラインで検索できる端末が並ぶ、遠海市立中央図書館の検索コーナーである。平日ということもあって、暖房の効いた館内に客は少ない。

赤鳥美晴は、地下壕が発電施設だったのではないかという仮説を残していた。そうした過去が断片的に現代に伝えられた結果、電気人間という噂話が最寄りの小学校で語られるようになったのではないかと。

そうした仮説の根拠となったと思《おぼ》しい地下壕内の写真画像もあった。コンクリートと煉瓦で固められた天井や壁、金属製の扉などを写したものだ。

中でも〈開かずの扉〉と赤鳥が呼んだ扉には、ほとんど消えかけた表示があった。

第■電■■■■■驗室

電という文字から、赤鳥はそこが発電施設という可能性を思い付いたのだろう。だが日積は別のことを考えていた。

――電気人間の元になったのは、発電施設だったのかもしれないし、そうではなかったのかもしれない。例えばそれが噂どおり戦時中に作られたものなら、何らかの兵器だったとも考えられる。例えばそう、電気で人を殺すような。

発電施設よりも兵器のほうが人を殺すという噂話には近い。

そう考えた日積は遠海市の歴史を調べてみようと思い、図書館へ来たのだった。

端末に向かい、電気人間、名坂小学校、地下壕、電気兵器などの単語で検索をかけていくが、思うような結果は出てこない。苦しまぎれに『遠海　戦争』と検索すると、気になる書名がヒットした。

タイトルは『遠海市の太平洋戦争』。枯れた題名だ。

棚を探して見つかった本は薄いものだった。白黒写真が冒頭と文中にちらほらあるだけで、あとは活字ばかりである。日積は拒否反応を起こしかけたが、ほかに手がかりもない。壁際に並んだ椅子に座って本を開き、彼は文章を読み始めた。

遠海市郷土研究会が編纂《へんさん》したその本によると、戦前の遠海町《とおみちょう》、明森町《あきもりまち》、白名坂村《しらなざかむら》の三つが戦後に合併した結果、現在の遠海市は生まれたという。戦前に栄えていたのは現在の市北部にあたる遠海町で、沿岸の工業地帯が戦時中、空襲被害を受けたものの、市南部にあたる白名坂村は、起伏のある地形に村落が猫の額ほどの田畑と一緒にあるのみで、働き手の出征を別にすれば、戦争とは縁遠かったらしい。

だがそのため戦争末期、軍需工場の疎開先として白羽の矢が立ってしまう。

また当時、来《きた》るべきと信じられていた本土決戦における連合軍侵攻予想経路に遠海市が重なっていたことで、軍需工場だけではなく、戦闘時の陣地にもなる地下壕の計画が立てられ、一部は実際に構築されたという。そのいくつかは現在もその姿を留めている——そうした説明とともに、本は各地の地下壕跡紹介に紙幅を割いていた。

だがいくらページをめくっても、名坂小学校裏の地下壕は出てこなかった。

読み進めるうち、日積は気付いた。地下壕の多くが完成しなかったという記述には、完成したものも使われることはなかったというニュアンスがある。

——でも、使われた跡はあったんだ。

赤鳥が残した画像データ、そこに写る地下壕内部には使用された形跡があった。煉瓦とコンクリートで固められた天井には、当時のものらしい配線すら残っていた。

では何に使われていたのか。画像を見る限り、そこが軍需工場だったとは思えなかった。換気口もなければ入口も狭いのだ。あるいは極秘の研究施設だったのかもしれない。人目を憚《はばか》る実験のため地下に作られたのだとしたら、資料に残っていないのは自然だ。当時の暗部に属する施設だからだ。

極秘兵器の研究所。電気で人を殺すという噂。それらが日積の頭で繋がりかけていた。空想に骨組みを与えていたのはもちろん、赤鳥の死だった。

――美晴姉さんは心不全で死んだ。それ自体は正しかったのかもしれない。けどその心不全は、誰かがそうなるよう導いた結果だとしたら。

彼は空想する。黒い雨合羽《あまがっぱ》と長靴、ゴム手袋で躰を包み、深くフードを被り表情も窺えない影が、銃口のない銃を構え、赤鳥を待ち伏せし、彼女が浴室から出てきた瞬間、その躰に向けて引き金を絞るのだ。一瞬のちに電光が走り、照明は消える。そして影だけの裸体が痙攣《けいれん》するさまが、壁をスクリーンにして浮かびあがる。

しばしのちに照明が灯ると、床には赤鳥が倒れている。だが影の姿はどこにもない。

今度の空想に日積の居場所はなかった。

彼は勃起を隠しながら図書館を出た。

9

「電気人間、電気人間、電気人間――」

日積が呟いた言葉は部屋の天井にぶつかり、降りては来ずに散っていった。

清潔なシーツが敷かれたベッドに寝そべり、咒いを繰り返すことに意味を見出しているわけではなかった。なんとなくそうすべきだと感じたのだ。

ホテルのシングルルームである。図書館を出たあと、日積は赤鳥美晴が死亡したホテルを訪れたのだった。そして大学で吐いたのと同じ嘘を吐き、故人を偲《しの》びたいので同じ部屋が空いているなら一泊させて欲しいと申し出ると、あっさり通ったのである。験《げん》の悪い部屋が埋まるのはホテルとしても歓迎なのだろう。

もちろん彼の目的はほかにあった。確かめたいことと考えたいことが、ひとつずつ。

――電気人間はどうやってここに出入りしたのか。

部屋は四階だ。出入りする方法はドアか窓しかない。窓の外にはすぐ隣のビルが聳《そび》えている。目撃される恐れはないだろうが、高さがあり、よじ登るには苦労しそうだ。

また入口のドアはオートロックになっており、そこに至るためのエレベータを利用するには防犯カメラのあるフロントを横切らなければならない。非常階段を通ればフロントを横切る必要はないが、ホテル内から非常階段に出るドアは内側からしか開けられない構造になっていた。内側から誰かが開けないと侵入はできないのだ。

——つまり、美晴姉さんが協力すれば入ることができる。

そう考えると躰は重たく、どこへ向けられているとも言い難《がた》い怒りで日積は壁に頭を叩き付けたくなってしまう。

——犯人は美晴姉さんが電気人間を調べていたことを知っている人で、なおかつ美晴姉さんが自分から部屋に招き入れるような人だ。もしかしたら裸にバスタオルを巻いただけの格好で。僕以外にもそういうのがいた。

——それは、判ってたことだ。

それでも判りたくない彼は呟き続けた。

「電気人間、電気人間——」

そうすれば、彼女を殺したのが電気人間の仕業になり、赤鳥が自分だけのものだったことになるように思えて。

「電気人間……出てこい」

何かが弾ける音がした。

声が間近で聞こえ、日積はベッドから跳ね起きる。

部屋のテレビが点いていた。

映っているのは彼が普段見ない、ゆるいバラエティクイズ番組だった。天然系アイドルがボケをかましているようだ。その音声が異様に撓《たわ》んでいた。

「たみゃあ、らつばくとらぬーば」

画面の中で爆笑が起こった。

「ひぱちゃあ、ばぷいいいぃよぉおぉっす！」

手をばたばたさせてアイドルが何かを訴《うった》えると、再び爆笑が起こる。

空恐ろしい気分になり、日積はリモコンを探した。床に落ちているのを拾い上げてテレビを消す。それから意識し深く息を吐き出した。

心が落ち着いたのは一瞬だった。

静寂に駆り立てられて部屋を見回す。だが何も見つけられない。手に持ったリモコンを眺め、眉を顰《ひそ》めた。それを放り出し、服を脱ぎながら考える。

——犯人は美晴姉さんを殺したあと、ドアから普通に出ていったんだろう。オートロックだから自動的に鍵はかかる。あとは非常階段を使えば、誰にも目撃されず逃げられる。

――つまり犯人は美晴姉さんの恋人だ。

考えると全身が粟立《あわだ》った。忍び寄る狂気に、日積は喜んで躰を明け渡すことにした。浴室に入ってシャワーのコックを捻る。湯に当たりながら呟いた。

「僕だったら良かったのに。僕がやるんだったら――」

――その前にうんと犯してあげたのに！　コンドームなんて使わず、ものみたいに扱ってやったのに！　僕の子を孕《はら》ませて……

ぎゅっと自分のものを握って数回しごいたところで、待てよと日積は思う。

――美晴姉さんの躰に精液は残ってなかったんだろう。残ってたら警察はもっと調べるはずだ。生前死後関係なく、犯された痕跡だってなかったはずだ。

――犯人は殺しても犯さなかったんだ。

「なんでだ？」

頭から熱いシャワーを浴びつつ、彼は壁を睨み付けた。殺すのに犯さないなどということは、彼の狂気の埒外《らちがい》だった。考えはまとまらない。

「ひょっとして、女だったのか？」

――女なら精液を残せない。それに女同士なら、裸で出迎えることも、違った意味でやりやすくなる。美晴姉さんを油断させることだって。

ふと大学で会った赤鳥の友人を思い出し、日積は身を震わせた。そしてあったかもしれないいくつかの景色を想像し、ひとつも否定できないことを嫌に思う。

それでも考え続けた。

——美晴姉さんが電気人間を調べていたのを知る人が犯人だとしても、犯人がずっと前から美晴姉さんと知り合いだったとは限らない。電気人間について調べているあいだに出会った誰かかもしれない。それどころか、殺害の動機も調査の過程で生まれたのかもしれない。美晴姉さんは地下壕を調べていた。それは、悪く言えばあそこの秘密を暴くってことだ。そのせいで殺されたのだとしたら。

そう考えれば、日積には思い出すものがあった。

昨日の夕方、林の中で出会った二人の小学生、韮澤秀斗と剣崎絢。

——まさかあの二人が？

分解寸前の思考で彼は確信する。

——ああそうだ。屍体に精液が残ってなかったからって、犯人が女だと考えるのは早い。犯人が二次性徴を迎えてなかったら、やっぱり精液なんて残らない。そうだよ。僕が殺すとしたら、絶対その前に犯す。でも美晴姉さんは犯されてないんだ。僕みたいなのじゃない誰かが美晴姉さんを殺したんだ。

「僕みたいなやつがほかにいたわけじゃないんだ！」

へらへらと日積は笑った。なんだかとても愉しかった。だらしなくベッドに倒れ込んで、彼は躰を丸めた。僕はひとりだったんだと思う。

——美晴姉さんには僕だけだった！　僕だけがあの人の仇を討てるんだ！

彼は荷物をあさり、昼間買っておいた包丁を取り出した。パッケージを破って開け、柄を握りしめる。木肌の温かさと刃物の重さが掌《てのひら》に心地良かった。

そのまま日積は虚空を切り裂いた。笑い、また頷きながら。うんうんと。

「僕だけが殺していいんだ」

——でも、殺すならちゃんとしなくちゃいけない。当たり前だ。僕はただの人殺しじゃなく、仇討ちを許された人間なんだから。

「……うふう」

笑い、真顔に戻って日積は思う。

——だからとにかく証拠だ。証拠が要る。動かぬ証拠が。殺すのはそのあとだ。なあに、簡単なことだ。

——どこにあるかは判ってるんだから。

10

「電気人間は見つかったかい？」

翌金曜の夕暮れ、日積が林の中で見つけた背中に問いかけると、少年は立ち止まって振り向いた。だが視線を彼の背後にさまよわせただけで、すぐ逸らしてしまう。

別にと応えて韮澤は歩き出す。

そのあとに続き、小さな背中を眺めながら、日積はコートの裏地に忍ばせた包丁を意識しつつ少年の裸体を想像した。

――まだ中性的な肌はきっと白く、産毛《うぶげ》は柔らかく、どこにでも刃先は潜り込んでくれるだろう。そうしたら、血はどんなふうに溢《あふ》れ出すだろう？

たとえ流れなくても日積には不思議に思わない自信があった。こんな世界にはそれが似合っているとさえ思う。季節に追い立てられ黒と灰色が色彩の大勢を占める林では、血の赤も空気を読んで己《おのれ》を恥じらうに違いない。胸のうちの想像と目の前の現実とを意図して区別せず、考えれば考えただけ確信は増すようだった。

──そうだ。小学生は人間じゃないんだから、血の色だって赤とは限らないぞ。

微笑みながら日積は尋ねた。

「一昨日も不思議に思ったのだけれど、ここで何をしてるんだい」

「調べてたんだよ」

「調べてたって、何を」

韮澤は首を傾げる。それが問いの答だと、しばらく日積は気付けなかった。

「調べるものが判らないのかい」

「わかんないから調べてんじゃないか」

なるほど韮澤はでたらめに歩いているようだ。小道から外れたり、時には沿ってみたり、たまにしゃがみこんであたりに何かないか視線を巡らせては、落胆のため息を吐いてみせるのだ。日積にはほとんど意識を向けない。

「……今日は、剣崎君はいないんだな」

「あいつ金曜は塾」

「へぇ。そんなふうには見えなかったけれど」

「来年は中学受験なんだって」

「ああそう。……ところで君は、電気人間を信じてるんだろう」

「別に」

「信じてないのかい」

「信じるとか信じないとか関係ねーし」

「一昨日もそう言ってたけど、それ、どういう意味なのかな」

「言ってもどうせわかんねーよ」

「――見えたりするの？」

あてずっぽうで言った問いに、びくっと韮澤は身を震わせた。少年は恐る恐る日積を見返して動きを止める。その瞳に一瞬、確かな戸惑《とまど》いが浮かんだ。

恐れているというより、判断が付きかね、逡巡《しゅんじゅん》しているような。

「ほら」

そこと呟き、韮澤は彼の背後を指差す。

日積は首筋に生暖かいものを感じ、飛び跳ねるように振り返った。

だが映るのは枝葉を揺らす木々のみ。首筋を触ると、指先に湿った木の葉がへばりついた。

それを地面に落として視線を戻すと、もう韮澤は歩き出していた。

バカにされたという想いが暗い炎を燃え上がらせる。それを慌ててかき消すと、つられて狂気も遠ざかった。取り戻そうと、日積は刃物に意識を集中させる。

――証拠さえあればいつでもやってやる。証拠を見つけるのが先だ。証拠を。

思いつつ尋ねた。

「君はおかしなものを探してるんだろう。それは、どうしてなんだい」

荏澤は応えなかった。日積は続けた。

「剣崎君はそういうものを信じてないって言ってたよね。クラスじゃどうなのかな。今時《いまどき》の小学生は、そういうものを信じてるものなのか」

「……信じてねーよ。オレだってそうだし」

「えっ？」

意味が判らなかった。

「剣崎君が嘘を吐いてるっていうのかい」

別につまらなそうに応え、荏澤は振り返った。

「あんたはどうなんだよ。信じてんの？　信じてねーの？」

――信じては、いないだろう。

そっと日積は懐《ふところ》に飲んだ凶器の重みを意識する。

――僕はこんなもので電気人間が殺せると思っている。その正体が人間だと思っている。

そうじゃないと仇が討てないから。

「……電気人間がいると思ってはいないよ。ただ面白く考えているだけで」

「面白い？」

「面白いだろ。だから君も調べてるんじゃないのかい」

「違《ちげ》ーよ」

「そうなのかい。遊びでやってるんじゃや……」

「まっさか！　遊びならこんなのより、友達と一緒なほうが愉しいに決まってる」

それはそうだと日積は思う。韮澤の言葉は正しいと。少なくとも、死人のために刃物を持ってうろつくよりはずっと判りやすい。

その判りやすさが、けれど飲み込みにくかった。

「じゃあ、なんのためにやってるんだい」

「しょうがないから」

「しょうがない。……カラーズだから？」

「逆だっつーの！　しょうがないからカラーズなんだよ！」

そんなことも判らないのかよと言い立て、韮澤は彼を睨んだ。

「判らない。何がしょうがないんだ」

「わかんなくてぃーよ。電気人間を面白いとか言うのだって、オレにはわかんねーし」

「君の恋人は判ってたみたいだけど」

「剣崎はそんなんじゃねーっつーの！　大体あいつは――」

「あいつは？」

少年は黙り、ごしごし額をこすると、わかんねーよと繰り返した。

「どうして、見えないもんを面白いとか思えんだ？」

「見えないのにあるからだろ」

「だから！　どうして見えないのにあるってわかんだよ！」

それはと呟き、日積は考えずに続けた。自分でも驚くくらい素直な言葉だった。

「いて欲しいと思うからさ」

――殺す相手が、自分以外に。でないと、美晴姉さんが死んでしまったことを納得できないから。心不全じゃ駄目だ。ちゃんと恨める相手でないと。神様とかを信じていれば良かったのだけれど、日頃からそんなものを信じてこなかったから、ここいちばんという時にも頼れなくて。あぁ、だから、そう。

――僕が探してるのは真相なんかじゃない。恨める相手だ。

「いてくれないと、うまいこと納得できないだろう。昨日とか今日とか明日とか。それに、生きることとか死ぬこととか」

「なんだよそれ。わかんねーよ」

「そのうち判るさ」

彼は懐の刃物をコートの上からそっと撫でた。

――僕だってこの妄想を否定しない。諦《あきら》めもしない。少なくとも、その存在を肯定しきれなくなるまでは。勢いだけで何かを信じるなんて、ずっとやってたら身が保たない。よりかかる理屈がないといけない。それが欲しくて僕は――

頭蓋の中の澱《おり》が思考に流されていくのを感じた。前だけを向こうと日積は思う。少なくともまだ今のところは。

幸い、進むあてはまだあった。

「竹峰のおじいさんが道具置場にしていた小屋ってのは、どこにあるのかな」

怪訝《けげん》な表情で、それでも韮澤は道の先を指差した。彼はありがとうと言って歩き出す。

小屋はすぐ見つかった。

ドアはなく、敷かれたすのこの上には箒《ほうき》や熊手、鎌、鋸《のこぎり》、刈払い機、ジュリ缶などが置かれていた。奥に積まれた段ボール箱には新品のゴミ袋と軍手が入っている。壁際の籠を見ると、煙草のパッケージが入っていた。その隣にあった懐中電灯を取り、日積はスイッチを入れてみた。電池はなくなりかけている。

全体を眺め渡すと、すのこが眼に留まった。軍手を拝借して嵌め、その下に指を突っ込んでみる。指先に当たるものがあった。平たい何かだ。指先に挟んで引っ張り出したものを見て、日積は思わず放り出してしまった。

恐る恐るしゃがみ、彼は地面に落ちたそれを再び手に取った。

歪《ゆが》んだ長方形の、平たい真っ黒な塊だ。

表面にあやしげな凹凸がある。軍手の腹で磨いてから、軍手を取り指先で撫でてみた。材質は金属ではない。爪を立てると跡が残るのだ。塗料が固着したもののようだ。表面の凹凸が、中に何かが封じられていることを示していた。全体の形が長方形に整えられているからには、誰かがわざと閉じ込めたものなのだろう。

ポケットに仕舞い、日積は小屋の探索を続けた。

籠の煙草を取り上げてみると、紙切れがその下敷きになっているのが見つかった。名坂小学校用務員の身分証だった。発行日時は96年になっている。十年以上前のものだ。写真はなかったが、氏名欄には竹峰英作《えいさく》とある。

またそれより興味あるものも記載されていた。

住所だ。

『電気人間がその属性を曖昧にしながらたところへ広まらないというのは、それが地下壕の存在に頼った都市伝説であるがゆえと考えることもできるだろう——』

11

日積はｉＰｏｄを止めた。目的地が近いのだ。イヤホンを取り去り、周囲に耳を澄ませる。前方に人影はなく、後方から迫る跫音《あしおと》もない。

夜の住宅地に行動を邪魔する者はいないようだ。やがて現れた小体《こてい》な平屋の前で日積は歩みを止めた。築何十年も経っているのが闇中《あんちゅう》でも判る。くたびれた外観だが、周りを囲う黄楊《つげ》の生垣は手入れが行き届いており、胸までしかない門に掲げられた表札も綺麗なものだ。そこにある竹峰という表示を撫で、日積は頷いた。

玄関のガラス戸は闇に沈んでいる。彼はそっと外門を開き、玄関の前に立った。戸には錠が下りていたので、生垣に隠れつつ家の周りを巡ってみる。窓には雨戸が下り、電気のメーターは停止し、ガスの元栓も締まっていた。一周し玄関に戻ると、日積は郵便受けと雨樋《あまどい》を覗き、次に足下に並ぶ鉢をひとつずつ動かしてみた。

鍵は三つ目の鉢の下から出てきた。

玄関で試してみると戸が開いた。日積は土足のまま竹峰家に上がり、ペンライトで闇を照らしながら進んでいった。

部屋が三つに台所とトイレ、浴室という間取りである。そのすべてが狭く感じられた。天井が低く、置かれた箪笥《たんす》やテレビ台の古さのせいかもしれなかった。

炬燵《こたつ》のある居間を抜け、縁側に当たる板間に出ると、大きな籐椅子《とういす》が眼を惹いた。座面に何かが載っている。日積は近付いてペンライトの光を当ててみた。

やたら古びた紙表紙のノートだ。

数十冊はあるだろう。どれも陽に灼《や》け、虫喰いの跡が多い。

彼はいちばん上にあった一冊を手に取ってみた。表に墨で書かれた文字は薄れて読めない。中の紙もボロボロで、折り曲げるだけで砕《くだ》けてしまいそうだ。記述のところどころに日付があり、おかげで日記だと判る。いちばん最初のページには昭和四十年とあった。彼が生まれる前に終わった年号だ。探せばもっと古いものもありそうだったが、目的は別にあった。あっさりノートを元の場所に戻し、日積は探索を続けた。

家探しはすぐに終わった。玄関の靴入れの中に、自転車の鍵や家の鍵、南京錠のものらしい小さな鍵に混じり、一際《ひときわ》古びた鍵が下がっていたのだ。

ホルダーには『牢予備』とマジックで書かれている。

日積はそれを懐にしまい、竹峰家を出た。

その足で駅へ向かい、コインロッカーから褐色のガラス瓶を取り出した。

夕方、ホームセンターで買っておいたものだ。

振ると、何かが瓶に当たって高い音を立てた。トイレの個室に入り、瓶に満たしておいた溶剤を便器にあける。溶けた塗料が黒い滓《かす》になり便器の低いところに溜まるのを眺めつつ、彼は瓶の中に残ったそれを取り出した。

年代物の鍵だ。

真っ黒い金属製で、手作りめいた暖かみがある。角がすり減っていたが、材質によるものか、それとも塗料に閉じ込められていたせいか、錆はない。トイレットペーパーでこすると、残っていた溶剤もすぐに蒸発した。日積はそれを竹峰家で手に入れた鍵と一緒に握り、個室のドアにもたれて天井を見た。どうしようかと思う。

動いているあいだは浮かばなかった問いだった。地下壕の入口を開ける鍵も、見つかると思って探したわけではない。方法が浮かんだのにやらずに済ませてしまうことへの言い訳が考えつかなかっただけだ。

内心では数時間前、韮澤との会話で至った気付きが渦巻いていた。

いて欲しいから電気人間を信じる。

その理屈は、自覚した今も魅力的なのだ。

「電気人間」

――噂される形では最初から信じていなかった。だから誰かがそれに化けていると考えた。根拠があったわけじゃない。恨む相手が欲しかっただけだ僕は。

――もちろん、いないとは言い切れない。電気人間を装った何者かは、本当にいるのかもしれない。そして美晴姉さんはそいつに殺されたのかもしれない。

――そうじゃないなんて否定は、きっと僕には無理だ。でも、そういう疑いを手放すことならできる。相応のリスクを背負う覚悟があるなら。

思索を自嘲的にすることもできた。だが日積はそうしなかった。前へ向き直った彼の視界を、壁のタイルに刻まれた落書きが横切った。

『今年もまた、一日も休まず食べ物をうんこにしてきました』

なんと有意義な人生！　と落書きは続き、'03師走《しわす》、と刻まれて終わっている。

それを刻んだ誰かの人生に幸があるよう祈りながら彼は個室を出た。さっきまでの迷いは綺麗さっぱり消えていたが、長続きはしないと判っていた。

12

「電気人間……電気人間……電気……人間……」

いい加減飽きた呪いを唱えつつ、日積は名坂小学校裏手の林を歩いていた。

夕方に来た時とは印象が違っている。道中には街灯もあったが、林に入ればまったくの闇なのだ。三日月の微かな光は枝葉に遮られてしまっている。

日積はあえてペンライトを点けずに一歩一歩、足下を確認しつつ進んでいった。転びそうになるたび闇を睨み、終わりなんだと嘯く。

「こんなのはもう最後だ」

――僕は大人になるんだ。二度とこんなことを試したりしない。大事な人が死んだくらいでおかしくならない。それが人生だと飲み込んで歩く。

そんな想いが感覚を研ぎ澄ましていた。

目の前の樹木にさえ伸ばした手が当たるまで気付けないほどの闇。そんな世界を這うように進み、日積はその崖に辿り着いた。

崖の近くは木々の密度が薄い。月光が露《あら》わになった地層面を淡く照らしていた。地下壕入口の格子扉も微かに光を反射している。日積はそこへ近付き、祈るように竹峰家で見つけた鍵を差し込んだ。拍子抜けするくらいあっさり鍵は回り、格子扉は開いた。

ペンライトを点し、細い光を奥へ投げかける。

そこには深い闇のかたまりがあるばかりだった。照らしただけで応えるものはない。足を踏み入れ、日積は格子扉を閉めた。そして格子の隙間から手を伸ばし、施錠し直す。万一誰かが通りかかっても怪しまれないようにとの配慮だった。

そうして階段を一歩一歩下りてゆく。

そこには赤鳥の残した写真画像からは伝わらない情報が溢れていた。壁と天井に無数に走る細かな罅《ひび》が、一見するとそういう模様のように見えてしまうこと。生き物の気配がなく、自分の呼吸ばかり耳に付くこと。そして何より、ペンライトの光がうねうねと動き、照らす箇所以外を闇に染めて方向感覚をおかしくしてしまうこと。

光が縁取る歪んだ円と、踏みしめる土の感触だけが現実だった。あとはすべてが曖昧だ。だんだん日積は、自分が地獄に向け延々下っていくような錯覚に囚われた。

息苦しさを感じつつ、思考は電気人間の否定へと寄っていく。

ふと彼は、何もかも赤鳥の作り話だったのではないかと思った。

その空想は魅力的なだけではなく、意外なほど現実味も感じられた。

そもそも日積は電気人間というものの存在自体、赤鳥から聞かされるまで知らなかった。彼女の母親が彼に尋ねたのも、元を辿れば赤鳥がそれについて調べていたからだ。彼が理解する電気人間像は、九割方赤鳥が残したテキストに由《よ》っている。残り一割は、林で出会った小学生、韮澤と剣崎からのものだった。

——美晴姉さんは、あの二人と会ったことがあるんだろうか。

二人は否定した。嘘を吐かれている可能性はある。だがもし会っていれば、怪異を調べる小学生がいたと赤鳥が書き残しているようにも思えた。

——きっと美晴姉さんはあの二人と会っていない。当然、韮澤と剣崎は美晴姉さんから電気人間の話を聞いたこともないはず。

電気人間は今も学校で語られていると、林の中で出会った小学生二人は言った。それ自体はきっと事実なのだろう。それでも疑うことはできると日積は思う。

——美晴姉さんは名坂小学校に通っていた。電気人間の噂がどこまで遡れるかは判らない。旧軍に作られたなんて話もあるけれど、もっとずっと最近に作られたものであってもおかしくない。例えば、美晴姉さんが小学生だったころに。

闇を歩いていると、あらゆる疑いが即座に信憑性を伴うようだった。

もしかしてと彼は思う。

――噂を最初に流したのは美晴姉さんなんじゃないか？　小学生のころに自分で流した噂が、時を経てどう変化したのかを探っていたのだとしたら。

――いや、そこまでひねくれなくてもいい。自分で流した噂ってことをすっかり忘れて調べていたのかもしれない。

――だとしたらマッチポンプだ。

思い付きに日積は笑みを零し、けれどと思い直す。

――美晴姉さんは死んでしまった。それは茶番にできない。

――警察が事件性なしと考えた以上、やっぱり心不全がいちばん可能性が高いんだろう。テキストの更新日時の件は引っかかるにしても、操作ミスかもしれない。うっかりスペースを一押ししたって、ファイルは変更されたと見なされる。そのままシャワーを浴びた可能性だってある。それでもなお殺されたのだと信じたいのなら……

――ここをもっと疑う必要がある。

歩きながら、更新したての恐怖と一緒に日積は頷いた。

――やっぱりここには誰かがいるのかもしれない。

最後まで残るのはその疑いのようだった。

格子扉が施錠されていたことは気休めにもならない。鍵さえ持っていれば、内側から手を伸ばして施錠できるのは日積自身が行ったとおりだ。

——それに開かずの扉がある。あの向こうは別のどこかへ繋がってるのかもしれない。その秘密に近付いたため、美晴姉さんは殺されるはめになってしまったのだとしたら。

コートに潜ませた凶器が重くなったように感じた。

それならそれでいいと思う。

——その時は、この包丁が無駄にならない。

「殺して、美晴姉さんの仇をとってやる」

どう転ぶにしても決着は目前だ。そう思い、彼は考えるのをやめた。こうなったら一刻も早く答に辿り着きたかった。歩みを進めることだけに集中する。

やがてそれは彼の前に姿を現した。

通路の行き止まりに嵌め込まれた鉄製の扉。

眼の高さより少し低い位置に、写真で見た表示がある。

日積はライトを近付けてみたが、やはり読めない。焼け焦げのような、熱で溶かしたような跡で、いくつかの文字が消されている。

再び働こうとする想像力を黙らせ、日積はノブを摑んだ。

捻ろうとしても回らず、押しても引いても動かない。

仕方なくペンライトを口に銜《くわ》え、手袋を脱いだ。そうして、塗料に閉じ込められていた鍵を取り出す。錠穴を照らしながら差し込むと、鍵はぴたりと嵌った。ゆっくり捻るとすんなりそれは回転し、デッドボルトの動く音が響く。

鍵をポケットにしまい、ノブを再度摑んだ。

素手で摑むそこは冷たく、冷気は皮膚を刺すようだった。

唾を飲み込み、この向こうに答はあると思う。

——美晴姉さんが殺されたのだとしたら、きっと犯人が隠し通したいと考えていた何かが。少なくとも、ここを管理してた老人が封印すべきと考えていた何かが。

自分にそれを見る資格があるのか。突然吹いた臆病風を、むしろ退路が断たれた合図に感じ、日積はノブを握る手に力を込めた。

意識し、呟きながら。

「電気人間なんていてはいけない、いけない、いけない」

軋みながら扉は手前に開かれた。

そして彼はその向こうがわを覗こうとして

13

「電気人間の噂も聞かなくなったよねーっ！」

校門を出たところで剣崎が不意にそう口にした。前を歩いていた韮澤は足を止めて振り向き、嫌な顔をしてみせる。

「やめろよ。そういうこと言うの」

きょとんとして数秒、剣崎は理解した。電気人間は語れば現れる。だから軽はずみに喋るのはいけないというのだろう。けれどそんなもの、彼女にすればバカバカしい。

「まだそんなこと言ってんの？　いい加減頭良くなろーってば。最上級生だよ？」

五月。ぽかぽかと暖かい陽気の午後だ。二人は六年生になっており、カラーズもまたその活動を続けていた。剣崎は中学受験の勉強をしなければならなかったけれど、韮澤と一緒の時間を大切にしたかったのである。

——あたしがいないと秀斗はこれだからなあ。

そんなあきれるような想いもあったにせよ、彼のことが好きだったから。

その日の放課後、教室を出てまっすぐ昇降口へ向かう菫澤に、どこへ行くのと剣崎が尋ねると、調べたいことがあるという返答だったのだ。

「それってカラーズとして？」

「来んなよ。勉強があるんだろ」

「そーはいくかっ！　あたしひとりおいてけぼりなんて駄目ですよ！　科学的思考ができる人がいないと、秀斗はおばけ見たい放題になっちゃうでしょ」

いつものように反論を諦めて歩き出す背中へ、彼女はさらに尋ねた。

「で、今度は一体何を調べるのかな秀斗君！」

「蠅が出るんだって」

「え？　ハエ？　それってあの、ぶーんと飛ぶ蠅？　——うわやだ、そんなの気持ち悪い。あたしやだよ。やめようよ、ちょっと、ねー」

袖を掴んでぐいぐい引っ張ったが、菫澤はどんどん進んでいく。

「カラーズが追っかけるのは虫じゃなくって、何かおかしいことだよ」

「だからおかしいんだってての」

「蠅が？　えっ？　ひょっとして何、大きさがこれぐらいあったりするの？」

剣崎はサッカーボールくらいの空気を手に持ってみせた。菫澤は振り返りもしなかった。

「そんな大きい蝿を捕まえる網なんて、ダイソーには売ってないでしょ！」

「なんでダイソー限定なんだよ……」

「そりゃ、ドンキになら売ってるかもしれないけどさ……」

「大きさは普通だ！」

「普通？　普通の大きさなの？　カナブンくらい？」

「もっと小さい」

「もっと？　それもうただの蝿じゃん！」

「誰がデカイなんて言ったよ！　ただの蝿が、めちゃくちゃ沢山いるらしいんだよ」

——蝿が沢山？　まさか空を埋め尽くすくらいに一杯？　うわぁ。

想像し、剣崎は顔を顰めた。

「それだったら大きいのが一匹いるほうがいいなぁ」

「……いいからもうついてくんな」

「そうはいきません」

そうこうするうち二人は林に入っていた。木々はちらほら新芽を萌《も》えさせ、枝振りが作る影に涼しげな空気が溜まっている。剣崎は学校の敷地に植えられたソメイヨシノが満開になっているのを眺めるより、こういう景色の中にいるほうが好きだった。

緑と土が混じった匂いも踏みしめる土の感触も、校内では味わえないものだ。歩きながら思い切り伸びをしてみる。そうして言った。

「あー。いなくてもいい場所にいるのってさ、秀斗、なんかよくない？」

「何言ってっかわかんねーし」

「いなきゃいけない場所にいるのって嫌じゃん。でも、いたい場所ってのも、キャラどおりに動かなきゃいけないしでメンドいでしょ。あたしみたいな優等生だと特に！」

「………」

「そこへ行くとさ、別にいてもいなくてもいい場所なら楽にしてられるって言うか、飾らなくていいわけで」

「……お前は少し飾ったほうがいいけどな」

「ふーん。秀斗はどんなのが好み？」

「静かなやつ」

「はいそれブー！」

さっと空気で作ったイエローカードを掲げ、減点一ねと剣崎は言う。白けた眼で一瞥《いちべつ》し、韮澤はずんずん先へ進んでいく。

こういうことをしていると思い出す景色が彼女にはあった。

小学四年の春。韮澤と初めて話した時のことだ。

どういう流れだったか、その時剣崎は友達と、人は死んだらどこへいくのかという話をしていた。どこへもいかない、ただいなくなるだけだというのが二人の一致した意見だった。それって嫌だよなー。嫌だけどしょうがないよねー、などと。

そしてふと横を見ると、何か言いたそうな眼で韮澤が彼女たちを見ていたのだ。

なあにと尋ねても彼は答えなかった。そこで剣崎は、出会ってから今日に至るまでずっとそうだったように、無理に煽《あお》って韮澤に意見を言わせたのだった。

——色々だろそんなの。

彼はしぶしぶそう答えた。

それを聞き、剣崎は尋ね返したのだ。色々って？　燃やされて骨になるとか、埋められて土になるとか？　だったらあたしはそうなったあとのことを聞いてんですけど。だからそのあとはもう色々だろ。ふーん。天国に行くとか地獄に行くとか？　そういうのがあるかどうかは知らねーけど、とにかく色々だよきっと。

行き先がひとつなはずはない。彼が言いたいのはそういうことのようだった。剣崎が言うようにただいなくなるというのもありだけれど、そうならないやつもいると。

その時は中途半端な意見だと思い、それきりになった。

それだけで終わってしまえば、韮澤との付き合いはなかっただろう。

その数日後のことである。

剣崎は自転車で塾へ向かっていた。時刻は日暮れ前、薄紫の空に朱色《あけいろ》の太陽が大きく見える頃合いだ。街の空気はどことなく沈んでいた。

その中で彼女は何かを見たのだ。

生まれたての子犬くらいの大きさで、白っぽい色をしたもの。

そう言葉で記憶したものを、今、剣崎は映像にして詳しく思い出せない。

とにかくそれは歩道に転がっていて、動く様子がなかった。近付くと、うっすらピンク色をしていて、ところどころ白い網模様が散っているのが判った。

肉……のようだった。

スーパーで売られている豚のもも肉に似ている。実際にそうなんだろうと思い、剣崎は納得しようとした。だが大きさが普通ではない。歩道にあるのも不気味だった。

例えばそれが血に塗《まみ》れていたら、そこまで不審に思わなかっただろう。猫の轢殺《れきさつ》屍体みたいに眼を逸らして通りすぎれば済む。だが意味が判らないせいで無視できず、手に取るなんてこともできず、その場から離れるほかなかったのだ。

その直後、剣崎は小学校裏手の林へ向かう韮澤を見かけたのである。

彼女は林の入口で自転車から下り、彼を呼び止めた。そんなことをしたのは、ひたすら今見たものを聞いて欲しかったからだった。

韮澤は話を静かに聞いてくれた。だが話すうちに剣崎の高ぶりは収まってきて、しまいには恥ずかしくなってきた。きっとバカにされてるよなと思いながら話し終えた彼女に、韮澤はけれど、見してくれよと言ったのだ。嘘だろと頭ごなしに否定するのでなく、にやにや笑いながら宥《なだ》めるでもなく、ここに持ってこいと疑わしげに言うのでもない。エアコンの修理に来た電器屋のような口振りだった。

それもあって彼女は退《ひ》けなくなり、彼と一緒に来た道を戻った。冷静になっていたので、クラスの誰かに見られたら嫌だなあと、そんなことも思った。

そしてそれを見た場所まで戻ってきた。

正確には、見たはずの場所にである。

剣崎が見たものは消えていたのだ。

アスファルトに跡も残さず、綺麗さっぱりと。

彼女は仄暗《ほのぐら》い恐怖を感じるより言い訳をしたくなり、さっきまでちゃんとあったんだよと訴えた。信じてもらえないだろうと思いながらだ。韮澤は応えずその場にしゃがみ、アスファルトをじっと見つめた。その真剣な眸差《まなざし》を、今も剣崎は覚えている。

しばらくして立ち上がると、菫澤は頷いた。

——もうねーみたいだな。

そうして大丈夫さと少し笑い、去っていったのだ。しばらく彼女は呆然《ぼうぜん》としていた。それからおずおず、大丈夫さと真似《まね》て呟いてみた。

——大丈夫か。大丈夫だろう。大丈夫だということにしよう。

それからずっと、剣崎は菫澤のことが好きでいる。

去年の春に告白してから今まで、一度もちゃんとした返事はもらえていなかったけれど、面と向かって嫌いだと言われていないこともあって、恋人のふりを続けている。そんな状況にある程度は満足していたけれど、不満がないわけでもなかった。カラーズを作ったのは剣崎だったが、それは彼女と会う前から菫澤が行っていた怪異探しを手伝う方便であると同時に、自分のほうへ菫澤を近付けたい気持ちの表れでもあったのだ。

剣崎は不思議なものを信じていない。

不思議なことに出会っても、それは自分の勘違いや、理屈を知らないから判らないだけと考えることにしている。

かつて見た「肉」にも、彼女は説明を付けていた。

やはりあれは豚肉か何かだったんだろうと。

サイズが大きかったのは切り分けられる前だったからで、それが道端に落ちていたのは、誰かが落としたからだ。戻った時に消えていたのは、落とした人が拾ったか、自分の次に通りかかった人が片付けたせいだと。

不思議なことは世にいくらでもある。

けれど理屈で説明が付けられないほどの不思議はそうない。確かめようがないというだけで、説明ならいくらでも付けられる。肯定するのが簡単なものほど、否定するのも簡単だ。ただちょっとつまらないだけで。彼女はそう考えていた。

だが韮澤は違った。

どんな怪異でも、たとえその噂を流している人の嘘であることが明らかな場合でも、真剣に調べていた。それが剣崎には不満で、不安だった。そんなことを続けるうち、いつか彼が手の届かない場所へ行ってしまう気がしたのだ。

だから剣崎は常識を振り翳《かざ》し、怪異を頭ごなしに否定するようになった。嫌われるのではないかとびくびくしながら、その想いを隠すため無神経を装って。

その林を歩いていると、いつもそんな想いを確認させられる。それは、十二歳になりたての彼女にさえ歴史を感じさせる、自然な佇《たたず》まいのせいだったろうか。

歩いても、一向に蝿は眼に付かなかった。

「……別に蠅、いなくない？」

「いなけりゃいないでもいいけどな」

韮澤は不意に立ち止まり、顔を上向けた。何かを見つけたようだった。剣崎もそちらを見た。木々の枝葉が作る影の中に、白く光るものがあった。

蜘蛛《くも》の巣だ。

家主である蜘蛛はその巣の端、ほとんど枝に近い場所でじっとしている。張ったばかりの巣ではない。形は崩れ、方々に解《ほつ》れを修復した跡もあった。心なしか蜘蛛もやつれているようだ。そうなった原因は明らかだった。

夥《おびただ》しい量の蠅が巣にかかっていたのだ。

いったん気が付いてみると、蜘蛛の巣はいたるところにあった。どれにも大量の蠅がかかっている。そもそも蜘蛛の巣自体が多すぎた。

考え、そっかと彼女は頷く。

——餌が沢山あるから殖《ふ》えるんだ。

「やっぱりいるみたいだな」

「た……大漁じゃん。はは。蜘蛛はさ、燃料費の高騰とかなくていいよねー」

「剣崎？」

訝しげな韮澤の声に彼女は振り向いた。平気平気とピースサインを突き出す。実際はそうでもなかった。蠅が苦手というのは本音だけれど、その死骸の群は気持ち悪いという感覚を越えてずっと不気味だった。

韮澤は眼を細めながら言った。

「お前、帰れよ」

「うわっ！　何その優しい言葉、抱き締めて欲しいの？　ねぇ」

「……」

「まぁ、秀斗があたしのことを実は愛してくれちゃってるってことは、えへへ、もう充分に判ってるよ？　危ないことに巻き込みたくないって気持ちもね」

しかーし、と彼女は明るく言い放つ。

「このあたし！　カラーズの剣崎絢さんはそんなに軟弱な乙女じゃなくってよ！　そこにおかしなことがあれば、何を差し置いても全力で否定してみせるし！」

「そーかよ」

「そーです。だから秀斗、気にせずゴー、調べてこう！」

「……腹立つなぁ」

「腹立ててこう！　……さぁ、では手分けして探そっか」

だが彼は訝しげな顔のまま動かない。どしたのと促《うなが》すと、何をと問われた。

「何をって？」

「いやだから、何を探す気だよ」

ぼーっとして彼女は答えられなかった。ぐしぐしと菫澤は頭を掻きむしった。

「あのな、剣崎」

「先走っちゃった！　へへっ。隊長！　まずはどこを調べるべきでありましょうか！」

「お前、本当に」

「……付いてくからな」

剣崎は睨み付けた。頭の中はぐちゃぐちゃだったが、退いてはいけないという想いは強くあった。絶対に、と心の中で付け加える。

菫澤はため息を吐いた。散々繰り返してきた許容のサインだ。

歩き出す彼のあとを追いながら、彼女は尋ねた。一体どこを調べるのかと。

「……蠅が沢山出るのはなんでだよ？」

「えっと、季節のせい？」

「蠅の季節は夏が本番だ。まだちょっと早い。……餌が沢山あるからだろ」

「蠅の餌って……」

うわぁと彼女は顔を顰めた。色々と見たくないものが思い浮かんだのだ。公園で見た犬の糞に集《たか》る蝿。夏休み明けにトイレで見た放置人糞に蠢《うごめ》く蛆《うじ》。

「もしかしてトイレ絡み？」

「ま、下水だよな。マンホールの蓋が外れたままほっぽらかしにされてるのかもしれないし、工事現場とかにある仮設トイレのタンクが溢れてるのかもしれない」

「でも蝿はこの林に沢山出るんだよね。ここらに工事現場なんてないし、マンホールだってないでしょ。見たことないよあたし」

「オレらが知らないだけであるかもしれないだろ。じゃなかったらどっかに大量の生ゴミが捨てられてるのかもしれない」

「そっかぁ。ひどいことする人がいるね。生ゴミなら埋めるとかすればいいのに」

何気なく口にした言葉に、韮澤は足を停《と》めた。呟く。

「生ゴミなら埋める……か」

「埋めれば土に還《かえ》るじゃん。うちのママ家庭菜園やってるんだけどさー、庭の隅にプラスチックのバケツ逆さまにしたみたいなやつ置いて、そこに生ゴミを捨ててるよ。中にミミズがうじゃうじゃいて、すっごく気持ち悪いの。でもそうしておくといい土ができるんだって。ああいうの、時々覗いてみたくなるのってなんでなんだろね ー」

不思議不思議と言い添える。韮澤は応えなかった。地面を見つめて呟いている。

「埋めれば出ないってことはつまり、埋められない？　埋められない生ゴミ。埋められない大きさってことか？　いや」

そうかと呟いて韮澤は視線を上げた。何よと剣崎が問うと、そうだよと頷く。

「だから何がそうなの」

「穴が掘れない場所だ」

「……コンクリとかアスファルトとか？」

「いや違くて。誰も入ろうとしないとこ、誰も入れないとこにそれはあるんだ」

「誰も入れない？　そんな場所」

ないでしょと言おうとし、剣崎も気付いた。顔を見合わせ、頷き合う。

二人は黙って茂みの中を歩き出した。

やがて地下壕の入口が見えてきた。剣崎は格子扉の隙間から向こうを覗き込む。だが何も見えないし、聞こえないし、匂わない。

「――ここに何かがあるっていうの？」

剣崎が振り向くと、韮澤はランドセルから懐中電灯を取り出していた。表情は真剣そのものだ。彼女はため息を吐いて格子扉に向き直った。

その時だ。

羽音とともに蝿が剣崎の顔の脇を通りすぎていった。闇の奥から、外へ。

「――しゅうと」

「あ?」

「今、蝿が中から外へ、ぶーんって……」

「……ちょっとどけ」

言われるまま場所を渡す。韮澤は懐中電灯で格子扉の奥を照らした。下り階段の終点まではそれで見通せたが、おかしなものはない。剣崎はだんだん恐くなってきた。肌が粟立ち、心臓をぎゅっと掴まれた感じがする。それに息苦しい。ひとりでいる時に韮澤を想うのと似ていたが、それよりもっと薄暗く、嫌悪感も大きかった。

韮澤は格子扉を掴み、体重をかけて前後に揺すり始めた。びくともしない。

「鍵がなきゃ駄目か。クソッ!」

悪態とともに錠前部分を蹴りつけた。鈍い音が響いて靴の跡が付く。肩を上下させながら蹴りは繰り返された。韮澤は苛立っていた。

珍しい光景でもない。同じ時間を過ごすあいだ、彼女は似た場面を何度も見てきた。けれど、どうして彼がそこまで怪異に入れ込むのかは判らないままだった。

勢いあまって母親に相談した時に教えられた、男の子はそういうものなのよという説明で納得しようとしたこともあった。世間を見れば頷けないこともなかったからだ。好きなことに真剣になりすぎて周囲が見えなくなる。確かにそれはよくあることらしかった。けれど頷きを重ねるほど、そうじゃないんだという想いも強まった。

——秀斗は違う。こんな時の秀斗は特におかしい。まるで、答が出せなかったら死んでしまうって考えてるみたいな。

「……ねぇ秀斗」

「あぁ!?」

「前から聞きたかったんだけどさ、どうしてそこまで熱心に調べられるわけ?」

「んなの、今カンケーねーだろ!」

「どうせ開かないんでしょ。だったら教えてよ」

「……言ってもどうせわかんねーよ」

「そんなの言ってみなくちゃ判らないでしょ!」

怒鳴ってじっと瞳を合わせる。

韮澤は格子扉を摑んだまま視線を逸らした。そして言う。

「……おかしなものは、全部が全部同じだって思うか?」

「同じって？」

「同じ理屈で見えるって思うかってことだ」

「……同じ理屈」

「わかんないか？　自縛霊とか、妖怪とか、人魂《ひとだま》とか、赤マントとか、人面犬とか、口割け女とかは、見えるやつには全部ちゃんと見えるものだって、剣崎は思ってるか？」

「えっと、それって、人魂は信じてないけど人面犬なら信じてるとか、そういう意見の違いのこと？　だったらむしろそれが普通だと思うけど――」

そうじゃねーよと雑に韮澤は首を振る。

「……そういうのは全部いないって、お前は思ってんだよな？」

「まーね」

「それがいると思え」

「思え？　……うん、思う」

「そういうものがうようよそこらじゅうにいるんだぞ」

わかったと答え、彼女は想像しようとした。おかしなものがうようよといる。渋谷《しぶや》のスクランブル交差点をヘリから空撮したような絵を想像した。

「それがお前には見えるんだ」

「見える。……って、え？　見える？」

「どんなふうに見えると思う？」

「どんなふうって……こう、信号が青になると同時に、交差点に人がわぁーって」

「人間じゃねーかそれフツーの！」

「だって、秀斗がうようよいるとか言うから。じゃあ何、横浜アリーナ2DAYSみたいなのを想像すればいいわけ？」

「なんでそんな特別なものばっか考えんだよ。そうじゃなくてそこら辺だっての。道端でもいいし学校でもいいし……ここだっていい」

「この林？」

さわっと首筋を風に撫でられた気がし、彼女は振り向いた。

自分と韮澤、それ以外の気配を感じることはできない。それでも剣崎は、ここに何かいるのかと思う。彼の言葉はそう仄《ほの》めかしているようだ。

韮澤は続けた。

「ここに色々なおかしなものがいるとしろ。虫みたく地面や木の皮の中にいたり、空を蝿みたいに飛び回ってたり、そこら辺にただぼーっと立ってたり」

「うん」

「それが全部見えると思うか？」

「……だからそれの意味が判らないんだよ。地面に口が一杯あってその口が喋ってるおばけは見えるけど、太陽が普通の倍ぐらいの大きさになってぐるぐるそこらじゅうを飛び回ってるおばけのほうは見えないとか、そういうことが聞きたいわけじゃないでしょ」

それで合ってるよと言われ、剣崎は怯《ひる》んだ。

「合ってる？」

「オレが聞きたいのは……ってか、知りたいのはそれなんだよ」

韮澤は俯き、静かに続けた。

「おかしなものが普通の人に見えないってのは、そのおかしなものが〈普通じゃない理屈〉でできてるからだろ。だったらその〈普通じゃない理屈〉にとって普通じゃない、また違う別の理屈があったって、いいよな？」

——普通じゃない理屈にとっても普通じゃない理屈。

ややこしい説明を考え考え、彼女は自信なさげに言った。

「それは〈普通の理屈〉ともまた違うものなんでしょ？　三番目の理屈ってことだよね」

「そう。それでできてるおかしなものは、〈普通じゃない理屈〉でできてるものが見えるやつにも見えないいんだ。そういうものがあっても、いいよな」

「それは別にいいけど……」

どうせないものなんだからと言おうとし、剣崎は控えた。韮澤が真剣に何かを伝えようとしているのが判ったからだ。

「オレはそういうのを見つけたいんだ」

「どうして？」

「もし〈普通じゃない理屈〉がひとつきりなら、それさえ知ってれば、おかしなものは全部見えることになるだろ。そういうのが嫌なんだよ。そうじゃないだろって、〈普通じゃない理屈〉をひとつ知ったくらいじゃ、おかしなものはなくならないってのを確かめたいんだ。どうせお前にはわかんねーだろうけど」

「うん。わかんねーね」

「ほらみろ」

頷き、でもと剣崎は続けた。

「伝わったよ」

「……何が」

「秀斗が真剣だっていうこと。〈普通じゃない理屈〉なんてひとつもないって信じてるあたしにだってパリッと。なのでごほうびをあげましょう。はい」

差し出された鍵を受け取り、韮澤はポカン顔で動きを止めた。それが見れただけでもやった甲斐はあったと剣崎は嬉しくなる。

鍵のホルダーには『牢』とマジックで書いてあった。

「まぁね。剣崎絢さんにかかれば、ざぁーっとこんなもんよ！」

「これ、ここの鍵か？」

「……どこで手に入れた？」

「竹峰のおじいちゃんから借りたの」

「は？　だってあの爺さんはもう」

死んだと言おうとする韮澤を遮り、剣崎は言った。

「亡くなる前の日か、もひとつ前の日だったかな、ここに女の人が来たの。あとでおじいちゃんに聞いたら、学生さんだとか言ってた。研究のために来たんだってさ」

「学生？　女の人？」

「その人がこの中から出てくるの見かけてね。あたし思わず隠れちゃったんだけど、あとを尾《つ》けたらその女の人、ここの鍵を竹峰のおじいちゃんに渡したの。で、その人がいなくなってからおじいちゃんに言ったわけ。あたしたちには中を見せてくれないくせに、ほかの人に見せるなんてずるいよって」

「それで貸してくれたのか？」

「まっさかぁ！　竹峰のおじいちゃん、そこまでボケ入ってなかったでしょ。駄目だって言われたからあたしもだよねーって言っといた。しつこくしたら警戒されちゃうし」

　菲澤は苦笑し、そうかと頷いた。

「あとで盗んだんだな。なにが借りただ。笑わせんな」

「ひどっ！　自分のために罪を犯した女の子に対してなんだよその言い方はっ」

「笑いながら言うことか！」

　剣崎は照れ隠しに頭を掻いた。不安は消えている。そんな彼女を見て菲澤の表情も少し和《やわ》らいだが、すぐまた真剣なものに戻ってしまう。

「……研究のために来た学生って言ったよな」

「体重百キロの美男子とは言ってないよ」

「それってあの……誰だったっけ。爺さんが死んだ少しあと、ここに来た――」

「日積さん？　電気人間について調べてた人でしょ」

「……その名前を口にするなっての」

「むー。でもそうでしょ？」

「その日積に訊かれたよな。ここに女の人が来なかったかって」

「訊かれたねー」

「知らねーっつったよな」

「言ったねー」

見つめ合って数秒、それはそうなるよーと剣崎は言った。

「明らかにおかしかったじゃんあの人。キレたら年下だろーが簡単に殴れる眼をしてたよ。あんなの相手しちゃ駄目」

「……オレよか剣崎のが相手してたよな」

「あたしは適当に合わせてただけだし」

猛獣でも見るような眼で、おっかねーなーと韮澤は言う。でしょでしょと剣崎は応じた。

「本当におっかないのは生きてる人間。言葉も通じる。手を伸ばせば触れられる。そういうものがいちばん恐いんだって」

教訓めかした言葉に、けれど韮澤は頷かない。ただ神妙な顔で鍵を見て、格子扉に向き直り鍵穴に差し込んだ。重たい解錠音が続く。

扉は開き、闇が露わになった。

そこはもう、手を伸ばせば触れられ、足を踏み出せば届く場所だ。

剣崎は再び恐怖が湧くのを感じた。

今さっき口にした言葉を撤回したくなり、駄目だと思う。

――あたしがしっかりしてないといけない。秀斗はこういう場所を恐がらない。平気で進んでいく。平気なだけじゃなくって、すぐなれなれしくなっちゃう。そんなのどう考えたっていいわけない。あたしがこっちへ繋いでないと。

「……本当に行くんだよね」

「今更なんだ。こっそり入ったことがあるんじゃねーのか」

「ないよ」

あるわけがない。入ったことがあれば、鍵ももっと早くに手渡せたはずだった。そこに何があってもなくても意味がない。そう思って決断を後回しにしたのは、それだけ恐かったからだ。そこに溜まる闇が、歴史が、錆びて冷たい格子扉が。

彼女は無理に微笑んでみせた。

「入るとしたら秀斗とって、そう思ってたんだ」

「なんだそれ、気持ち悪いな」

「あたしもそう思う」

嫌な予感に総身を包まれ、剣崎は躰が震え出すのを必死で抑えた。

韮澤は懐中電灯を点し、振り返った。

「じゃあ、オレひとりで行ってくるから」

「って言われて退くような人？　秀斗の知ってる絢さんは？」

「……じゃ、ねーよなぁ」

「行ってみよー」

二人は闇を下り、そろそろと進んでいく。

剣崎は勝手に少年探偵団の挿し絵のような地下迷宮を思い描いていたが、実際のそこは、地べたも壁の煉瓦とコンクリートも月日が混ぜ作った白色に染められ、時折現れる扉に浮いた錆色だけが彩りの殺風景な場所だった。時折両脇に現れる部屋も、どこへも繋がってはいない。迷う心配もなく進む中、韮澤がふと言った。

「竹峰の爺さんがなんで死んだか、知ってるか」

「なに、急に」

「喋ってたほうが気が紛れるだろ」

「へー。恐いんだ」

「恐い」

認められたことに驚いて剣崎は視線を上げたが、韮澤は振り向こうともしない。

「……病気だって聞いたけど」

「風呂で、お湯に浸かりながら死んでたんだとさ」

「へー。やっぱりお婆さんが見つけたの？」

「だってよ。通夜《つや》の手伝いに行ったら、何度も聞かされたって母ちゃんが言ってた」

「えっ？　同じ町内だったの？」

「言ってなかったか」

「言ってないよっ。っていうかそれ、秀斗も日積さんに嘘吐いてたってことじゃん！」

「そうな」

「うわぁ、可哀相なハナシだ。でもそうなるとおじいさんが死んだ……死因って言うんだよね。それって何になるわけ」

「心臓麻痺じゃねーのかな。冬に風呂場で死ぬのはよくあることだって──」

言葉は不意に途切れた。半秒遅れで彼の足が動きを止める。

剣崎はその肩越しに先を覗いた。

懐中電灯の明かりが地面にあるものを照らしている。

初めそれが何か、彼女には判らなかった。照らした途端、羽音を唸らせ二人に襲いかかってくるものがあったせいだ。

膨大な量の蝿だった。

そう理解した時、明かりがふっと消えた。

途端、剣崎は恐怖に包まれた。即座に腕が伸びてきて彼女を抱き締めなかったら叫んでいたかもしれない。

「——大丈夫だ」

韮澤の声がそう囁き、剣崎は急速に落ち着いた。

羽音はそこらじゅうに満ちていたが、それはもうただの羽音でしかなかった。二人に襲いかかる化け物の咆哮《ほうこう》ではない。明かりを消したのは蝿が寄ってくるのを防ぐためだったんだと納得すると、その臭いが鼻に付いた。

生臭くて甘ったるい、吐き気をもよおす嫌な臭い——

腐敗臭だ。

懐中電灯が消える直前に見た何かを彼女は思い出す。

それは服を着ていた。

それは人の形をしていた。

それはだが、動かなかった。

韮澤の強張った声が優しく囁いた。

「ライト付けるぞ。見たくねーなら後ろ向いてろ」

「……見るし」

ぱっと明かりが点る。

逃げ去ったのか、さっきより蠅の量は減っていた。

それでも壕内を飛び回り、頬や額をしたたかに叩いていく。眼を開けているのも辛いが、なんとか彼女は前方を凝視した。

行き止まりの扉が手前に開いている。

道を塞《ふさ》ぐように地面へ横たわっていたものが見えた。

その有様までも。

服から出ている部分は黒く変色していた。

白く溶けている箇所もあった。

そこらでさわさわ蠢くのは蛆だろう。

周囲に散らばる赤米《あかごめ》らしきものは蛹《さなぎ》に違いない。

彼らが食い潰しているのは屍体だった。

服を着る動物は人間だけだ。

剣崎は気絶した。

14

「電気人間について質問をしていきましたよ彼は」

「電気人間……それは一体、どういうものなのですか」

「さて、判りません」

「判らない？　しかし彼——日積亭はそれをあなたに質問していったのですよね」

「私に答えられたのは怪異一般について言えることのみでしてね。興味深い都市伝説ではありますが、詳しく知る素材でもなかったので」

——どうにも厄介だな。

刑事らしく接さずまずは下手に出たことを、彼は後悔し始めていた。

市立名坂小学校、その裏手に掘られた地下壕から屍体が発見されたのが一昨日のことだった。見つけたのは小学校に通う六年生男女の二人で、男子のほうの言葉によると、いつも閉まっていた地下壕の入口の格子扉がなぜだか開いていたので、探検気分で中に入ったところ、屍体を見つけてしまったのだという。

女子のほうは発見時に気絶し、まだ証言が聞けるほど回復してはいなかった。

屍体は蝿による食害が人別不可能なほど進んでいたが、所持していた学生証から、県下の私立校に通う高校生であることが判り、さらに学生証にあった日積亨という名前で照会すると、捜索願が今年の頭に家族から提出されていることが判明した。

屍体に移動させられた跡はなく、現場に争った形跡もないことから、まず自殺や事故が疑われた。いちおう屍体は司法解剖へ回されたが、食害の進んだ頭部と手を含め、死因になるような外傷は確認されず、毒物スクリーニングにも陽性反応がなく、死因は心不全であると結論付けられたのだ。広義の病死である。

死後四ヶ月が経過というのが、国立大学の法医学教室の所見だった。

捜索願が提出された時期とも合致する結果だ。であれば捜査は打ち切られるのが通例だが、屍体の見つかった地下壕を管理していた竹峰英作という老人が今年の頭に死亡しており、その日付が日積亨の失踪時期に近いこと、さらにはその老人が死亡した前日、日積亨の幼なじみである赤鳥美晴という大学生が現場から近いビジネスホテルで死亡していることを、署のデータベースが教えてくれたのだった。

三人ともに死因は病死として片付けられていること。

日積の懐から、使われた形跡のない包丁が出てきたこと。

そしてごく最近、地方紙が県下で出た異状屍体の解剖率の低さを特集したこと。それらが政治的に勘案された結果、所轄刑事である彼は、署長命令で日積亭の足取りを追う羽目になったのだった。

抜擢《ばってき》された理由はもうひとつあった。

赤鳥美晴の検死に立ち合ったのはお前だろうと、当のデータベースが付け加えてくれたのだ。日々に忙殺され忘れていたが、そう指摘されれば思い出す景色もあった。具体的には、ホテルのシングルルームの洗面所に転がっていた屍体と、彼女のパソコンにあった電気人間について語ったテキストなど。

そして今朝、日積亭らしき少年が今年の頭、赤鳥美晴の大学に顔を出していたという情報が赤鳥の担当教授から寄せられたため、彼はその大学へやってきたのだった。

少年は赤鳥の弟と名乗り、電気人間について尋ねていったという。日積亭の写真を見せると、確かにこの子だったと教授は頷いた。

「電気人間について興味があるらしくてね。赤鳥君の研究を継ぐつもりでいるのかなと思ったのを覚えています」

「よく判らないのですが、おばけなども研究の対象になるのですか」

それが限定した集団内で共有されている知識ならばと教授は言う。

「自然科学で説明が付けられるものであったり、今はもう確認できないものであっても、記録が残っていれば対象になりえます。先ほど電気人間が何なのか判らないとお答えしましたが、それがどのように語られているものなのかについてなら説明できますよ。日積君でしたか、彼がメールで送ってくれたテキストがあります」

教授は手元のマウスを操作し、ディスプレイに横書きの文章を表示してみせた。

電気人間仮説と題があるそれには見覚えがあった。しばらく考え、赤鳥美晴のパソコンにあったテキストと同じものだと思い出す。

「作成したのは赤鳥君です。論文としては叩き台以前のものですが、眼の付けどころは悪くない。これによると、名坂小学校で噂される電気人間の特徴は、大きく五つあるようです。噂をすると現れる。人の思考を読むことができる。導体をすり抜ける。電気によって人を殺す。そして、起源を旧軍に持つと」

喋りながら何かに気付いたのか、教授は天井を見た。

「そういえば、日積君は閉ざされた地下壕で死んでいたとおっしゃいましたね」

「ええ。それが？」

「私の記憶が確かなら、赤鳥君もホテルの錠のかかった部屋で死亡していたとか。二人とも死因は病死であると聞きました」

「はい」

「電気人間ならば、それらの犯行も容易《たやす》かったでしょうね」

冗談か本気か判らない。付き合う気にはなれず、彼は話を強引に戻した。

「メールでテキストが送られてきたと言いましたね。それはいつのことですか」

「タイムスタンプによると、今年一月の十日です」

手帳をめくる。日積亨の家族が彼と最後に連絡を取ったのは、その日の夕方だ。また日積の財布から出てきた領収証は、その日の夜、赤鳥美晴が死亡したホテルに彼が泊まったことを示している。そちらの確認には同僚が回っていた。

「会った時、ほかに気付いたことなどはありませんか」

「そうですね。電気人間について質問はされたけれども、彼自身、その存在を信じているようではありませんでした。いや、むしろ私にそれを否定してもらいたいような感じでしたね。ああ、ちょうど今の刑事さんのような感じですよ」

「私の？」

「そうか。彼は赤鳥君の跡を継ぎたいと考えていたわけではなく、彼女の死の真相を知りたかったのかもしれませんね。しかしおかしいな。それなら病死という説明に納得していなかったことになる。警察の判断を疑う理由があったのでしょうか」

問うだけで答を導く気のない喋りだった。彼は礼を述べて部屋を辞した。

建物を出たところで、ひとりの女子学生に声をかけられた。彼女は気が強そうな瞳で名乗り、赤鳥の友人だと自分のことを説明すると、すいませんと謝った。

「刑事さんと教授の話、ちょっと聞いてました。それでその、どうしても気になったことがあって……。美晴の弟って名乗られて教授のところに案内したの、あたしなんです。でも、美晴に弟はいなかったんですよね？　美晴から弟がいるなんて聞いたことなかったし、それであたし、怪しくないですかって教授に相談したんです」

なるほどと彼は頷いた。その不審を検討した結果、教授は警察に連絡をしたのだろう。

日積の写真を見せると彼女は頷き、やっぱりそうだったんだと言う。

「あの子、美晴の恋人のつもりでいたんですよね？」

「そう思う理由があるのかな」

「前に、美晴から年下の遊び相手がいるって聞いていたんです。美晴が言う遊びって、恋人ごっこのことですから」

「恋人ごっこ」

「はい。なんでも美晴にとっては遊びだったんです。だからもし美晴が死んだのが病気じゃなく殺されたのだとしたら、そういう性格のせいなのかもしれないって」

「遊び相手に恨まれて……と？」

「はい。美晴の弟だと名乗った彼にもあたし、そう言ってあげようとして、でも言えなかったんです。もしそれが言えたら彼は死なずに済んだのかもしれないとか考えちゃって。彼、全然余裕ない感じで、自殺とかしてしまいそうだったから」

それだけですと言い、彼女は足早に立ち去った。

他殺の可能性は考えられていなかった。病死でなければ事故、そうでなければ自殺。ほかの可能性は、状況だけではなく警察の面子《めんつ》からも好ましくなかった。

——赤鳥美晴は病死した。だがその年下の恋人、そう自分で思っていたかもしれない日積亨はその死に納得していなかった。そこで彼女の弟を騙り、赤鳥の足取りを追い始めた。事故か、他殺の可能性まで想像していたのかもしれない。十代の男子ならどんな物語だって思い込めるだろう。

——だが妄想に沿うような答を得ることはできなかった。

——最後の希望を抱いて地下壕に潜ったが、長年封じられていた場所に意味あるものがあるはずもない。それでも妄想に縋《すが》ろうとすれば、取る手はいくらもない。世界すべてを否定するのに比べたら、人生の幕を引くほうが何倍も簡単だ。

——そういうことだったんだろう。

大学構内を出たところで彼の携帯が鳴った。ホテルに回っている同僚からだった。

「そっちはどうだ？」

「大した収穫はありません。フロントによれば、故人を偲びたいから同じ部屋を使わせてくれと言われたくらいで、気になることも別になかったと。部屋が空いていたんで中を見せてもらいましたが、不審な点もありませんでした」

「こっちも似たような感じだ。殺しの線は出てこない」

はぁと疲れたように同僚は応え、仕事に納得していない口振りで続けた。

「革新系の市長に代わったからって、署長も気にしすぎなんですよ。言い訳できる程度には働いたんじゃないですかね」

「そうだな」

引っかかってはいるものの、具体的な像を結ぶだけの手がかりもない。屍体は複数あっても、それらを繋ぐ動機が見えないのだ。彼はため息を吐いた。

——仕方ない。探る事件《ヤマ》はほかにもある。

「もういいだろう。署に戻るぞ」

「はいな」

15

「電気人間をやっつけろ！」

髭面《ひげづら》の編集長はそう叫んで握り拳《こぶし》を突き上げる。その檄《げき》へ応えるかのように天井の蛍光灯がちかちか瞬き、編集部内の薄暗さを強調した。

対面に座る柵馬朋康《さくまともやす》は生返事をし、またおかしなことを言い出したぞと思う。

日焼けした肌、刈り込んだ頭、一八〇センチを超える精悍《せいかん》な躰付きという外見だけなら行動的な人間にも見えるだろう。だが彼の実態は一日の大半を蛍光灯下で過ごすインドア系のライターだった。まだ二十代だが、専門学校在学中にデビューしたため、ライターとしてのキャリアはもう十年近い。

その柵馬が、キャリアと同じ期間寄稿してきたビデオゲーム誌『Press Start』、通称プレスタは、地階のため窓もない編集部で編《あ》まれていた。今日、彼がそこを訪れた名目は次号の打ち合わせだが、企画会議と営業と取材計画がごっちゃになっているため、実情は雑談に近い。デビュー当時から変わらない習慣でもある。

定価税込九〇〇円。公称部数二万。編集長に他一名の編集者と多数のライター陣によって制作されるA5サイズの小さな小さな隔月誌の編集責任者は、事情が判らないという顔の柵馬に、掌をぱたぱたさせて続けた。

「そんな顔せず聞きなさい柵馬さん」

「聞いてますよ。……なんです。電気人間？」

「我々プレスタ編集部はかつてない危機に瀕《ひん》している！　言うまでもなくネットの普及に伴う雑誌媒体のアイデンティティクライシスがそれだ！　このままでは遠からず企業の外部宣伝広報に堕《だ》するか、総合誌に吸収されてしまうことになるだろう！」

「それは一昨年《おととし》の忘年会で拝聴しました」

そう！　と力強く編集長は応えた。

「実を言えば五年前からずっと言っている。その流れに変化の兆《きざ》しはない。むしろ状況は悪くなっていると言えよう。この先、生き残れるのはブランド化に成功した雑誌だけという悲観論が正しいのかもしれない。だがそんなことで良いのか？　なるほど、ゲーム攻略だけなら有志によるまとめウィキで事足りるだろう！　新作情報もメーカーのサイトで充分に違いない。カタログとしての存在価値に至っては、ゲームが市民権を得た今、メジャーなタイトルは一般誌でさえ紹介される有様だ！」

「だから、サブカルチャーの先鋒を務めていたころの残響であるバカ記事に力を注ぐのが、プレスタのとる戦略なんでしょう」

「しかり！」

「だからって僕は、怪我したり警察沙汰《ざた》になったりなんてのは御免ですよ」

柵馬は気乗りのしない態度で言った。理由はあった。

プレスタの誌面で現在、人気が取れている記事は二つある。

ひとつは繁華街で意図的に行われている喧嘩《けんか》の模様を実況するという〈リアルストリートファイター〉。もうひとつは、ゲーム世界に登場する魔法や現象を実際に起こす〈再現しようぜ！　魔法を科学で〉である。

だが、前者は担当者が留置場でもらった風邪をおして取材を敢行したあげくにバス停で殴られ病院へ搬送されてしまい、復帰が次号締め切りに間に合わないことが確定している。また後者は半年前、再現を試みた炎魔法で公衆便所を全焼させてしまい、非現住建造物等放火で先日、担当していたライターに有罪判決が下されてしまっていた。

「執行猶予が付いたって、前科を持つ気はないんです」

「いやぁ、流川《るかわ》さんは凄いよ。あんなことになったのにわりあい平気な顔で、今度は爆発魔法やってみますよとか言っているんだから」

「公安に眼付けられますよ」

「いや、それはもう付けられてるんだが」

「は？」

「ウチの会社は極左広報を合法的に行うため設立されたのが由緒なんだけれども、柵馬さんは知らなかったかな？」

柵馬は接世《つぐよ》書房という社名を頭に浮かべ、説得力はあると思う。前科のひとつやふたつ、ものともしない人材が執筆陣に多いのは事実でもあった。

「とにかく流川さんは次号、蘇生魔法の再現ということで自動体外式除細動器《AED》を自作することになっている。あ、いや、自動判定部分は無理だと言ってたから、ただの除細動器になるのかもしれないが」

「それ、何ページなんです」

「八ページ」

「……プレスタはゲーム誌ですよね」

「まぁまぁ、今度捕まったら流川さん、懲役だから。若干本分から離れた記事になってしまうのは大目に見てくれたまえ」

それはそうかと柵馬は思う。いや、それにしても――

「流川さんくらい有能ならほかでもっと割のいい仕事があるでしょう。どうしてプレスタで書いてるんです？　弱味でも握ってるんですか」

なははと笑うばかりで編集長は答えない。

実際にプレスタの原稿料は安かった。

慢性的な人員不足のため、やる気さえあればいくらでも書かせてはもらえる。分量のおかげで生活できているが、原稿料を取材と執筆にかかった時間で割り出した時給を見て憂鬱《ゆううつ》になることも、柵馬にはしばしばあるのだ。

もちろんマイナー誌の良さというのもある。メジャー誌ではありえない企画にもＯＫが出るのと、どんな小さな記事にも署名を入れさせてくれるところなどだ。それらを面白がって今まで続けてきたようなところが柵馬にはあったが、それでも二十代も終盤に差しかかると、これでいいのかという想いが強くなる。

専門学校在籍の流れから大した覚悟もなくフリーランスになってしまったせいで、彼は自分の中の常識に追い詰められていた。

編集長は腕組みして自信満々に言う。

「流川さんの企画を受け止める度量を持つ媒体がほかにないってことだろうね！」

「ネットで公開する手だってありますよ」

「最終的に書籍で経費を回収するビジネスモデルからすると、あれはむしろ効率が悪いんだ。フォーマットが全然違うからね。まあ経費は半分くらい出すし、いざという時には社名を出していいと言ってある。彼もそれなりに計算しているのであろう！」

たまに会う流川の姿を思い、柵馬は首を捻った。

四十歳をいくつも超えているのに、風貌《ふうぼう》も雰囲気も年齢不詳な予備校講師といった感じの先輩ライターは、柵馬に会うといつも物腰柔らかに話しかけてくるのである。そのたび、彼はイメージと実物とのギャップに戸惑ってしまう。

まだプレスタの読者だったころ、面白いと思う記事にある流川映《あきら》という署名を意識したことが、柵馬が現在の仕事を選んだ原体験でもあった。それだけではない。専門学校に在籍していた彼に編集部を紹介することでライターデビューの道筋をつけてくれたのも、流川なのだった。尊敬とは別に恩もある。

「あの人は面白い企画を形にすることしか考えてないような気がしますけど」

ライターの鑑《かがみ》じゃないかと編集長は言った。

「まあとにかく、そんなこんなで次号、二大特集が失速するのは眼に見えているわけだ。そこで柵馬君、君にはそれらの穴埋めとして緊急企画を担当してもらいたい！　題して、〈幻の企画が限定復活！　実在ダンジョン特集〉だ！」

「……マジすか」

「長年封印してきた特集ではあるけれども、この危機だ。急遽の復活もやむをえまい」

実在ダンジョン特集。それはかつてのプレスタで人気を博した企画だった。

内容は、ゲームに出てきそうな雰囲気あるスポットを実際に訪れてレポートするというもので、一頃《ひところ》話題となった廃墟探訪に近い。極力綺麗な絵面《えづら》を排除し、汚いところばかり取り上げる内容が読者に好評で、柵馬もそのひとりだった。

プレスタ創刊から続いていた長寿企画でもあるそれは、しかし、二年前に突然の最終回を迎えていた。某県の海辺にある廃ホテルを取材班が訪れた際、遭遇したトラブルが原因だった。そのころ柵馬はもう記事を書く側にいて、どころか取材班のひとりでもあったので、当時のことはよく覚えている。

あの時は大変だったろうと編集長は言い、思い出したくありませんと柵馬は応えた。

「葬式以外で生の屍体を見たの、初めてでしたし」

「まあ堪えてくれたまえ。毎号が永遠に続く撤退戦なのだ。小綺麗な誌面へリニューアルという話も上では出てきているが、マイナーがメジャーにすりよったって始まらないだろう。マイナーはマイナーのままメジャーを目指す情熱を抱いていないといけない。というわけで、当時の空気を知る柵馬朋康氏に是非とも重い腰を上げていただきたいわけだ！」

瞑目《めいもく》し、うんうんと編集長は自分の言葉に頷く。柵馬も眼を閉じ、ううんと唸った。

「探訪する場所はもう決まってるんですか」

「資料はできている。これだ！」

差し出されたコピー紙の束を受け取り、柵馬はぱらぱらめくってみる。特集のページ数を尋ねれば、四ページを予定しているという。

「僕が担当してるディベロッパーズインタビューと読者コーナーはどうするんですか」

「そちらも頼んだ！　と言ってしまいたいが、インタビューのほうはなんとかしよう。読者コーナーだけお願いする。あのノリは君じゃないと出せない」

柵馬は資料を閉じ、ため息をひとつ零して考えた。

かつての目玉企画である。やりたい気持ちがないではなかったが、そっとしておきたいという気持ちもまたあった。思い出したくないというのとは別に、問題が発生して終了というのが、頭の悪い企画の最終回として最高だろうという想いがあるのだ。少なくともこの二年のあいだ、柵馬はそう思い続けてきた。

それを見透かしたように編集長は言う。

「勘違いしちゃいけないよ柵馬君。私たちは芸術を作ってるわけじゃない。記憶や記録に残る記事なんて無意味だ。現在進行形で受けを取ってゆかないと」

「そりゃあそうですけどね」

「本当に面白いものならずっと続いていないといけないだろう。読者の暇潰しのためにプレスタはあるのだから」

まあ正論だと柵馬は思う。熱情に偏《かたよ》ってはいるが、酒なしにだって頷ける。それでも迷いつつ資料をめくり、ふと手を止めた。

「どうかしたかい」

「この取材先の遠海市っての、聞いたことがあるような——」

わざと言わなかったのだろう。編集長は口元に拵《こしら》えの笑みを浮かべた。味のある表情だ。

柵馬は記憶を探ってみた。

——遠海市、とおみし、とおみ……

ああそうかと頷いた。

「この遠海市って、詠坂《よみさか》の地元でしょう」

「そのとおり。一昨年、連続首切り殺人があったところだ。ほかにも色々、怪しげな噂に事欠かない土地柄であるらしいがね」

「僕じゃなくあいつに行かせればいいじゃないですか」

いやぁはっはーと編集長はごまかすように笑う。

それで柵馬は理解した。もうあたってみて、断られたのだろう。

詠坂というのは詠坂雄二《ゆうじ》。柵馬と同様、社外のライターだ。キャリアは柵馬よりずっと短いが、小説家の肩書きを別に持ち、人殺しの話を書いたりもしている。ゲーム好きが高じてプレスタに寄稿するようになったと公言しているが、彼の小説が売れたという話を柵馬は聞いたことがない。台所事情は逼迫《ひっぱく》しているんだろうと想像は付く。

「断ったんですかあいつ。いい度胸してますね」

「彼の言い分では、身内が関わっている事件の捜査に刑事が携《たずさ》われないように、地元での取材は避けたいとか」

「通りませんよそんなん。あいつの小説知ってます？」

「うーん。人が死ぬようなのはちょっとねぇ」

「遠海市が舞台の話ばっかですよ」

口にするうち、柵馬はだんだん腹が立ってきた。

——ライターは小説家より下だとでも思ってるんだろうか？　だとしたらとんでもない見当違いだ。合法詐欺師が！

判りましたと柵馬は言った。

「書きますよ。あいつにも手伝わせます。その代わり二人分の取材費を認めて下さい」

「おー、それくらいならお安い御用だ」

簡単に頷かれ、ふと全部計算だったんじゃないかと思う。だが吐いた唾は飲めない。怒りの矛先を詠坂に向け、柵馬は資料を読み進んでいった。

気になる記述がいくつかあった。

「……戦時中に掘られた地下壕なんですか」

「噂話を信じるならね。地元の歴史資料にも記述がないそうだ。土地が市有なせいもあるのかな。市役所ってとこは、どんな質問にもまともな回答を寄越《よこ》さないから」

「それならそれで好きに取材するだけです」

それは頼もしいと編集長は微笑み、それでね、と身を乗り出した。

「話は頭に戻るんだが、このネタにはひとつ面白いところがあるんだ。それで特集を復活させようという気になったんだが。……出る、というんだよ」

「出る？　この、電気人間がですか？」

「そう。君にはそれを討伐《とうばつ》してきてもらいたい」

緊急クエスト！　と編集長はまた握り拳を振り上げる。

「〈怪奇！　電気人間〉――どうだい？　この煽りは」

「ベッタベタですね」

「面白い記事ならこれくらい直球のほうがいいだろう」

柵馬はため息を吐いた。

「要はそこにそういうおばけが出る。その真偽を探って記事にしやがれと」

「というか、資料を読んでもらえば判るけれど、実際に電気人間による被害が出てるらしいんだな。電気人間に殺された人間がいるんだそうだ」

「そりゃ怪談のパターンでしょう。友達の友達が殺されたっていう」

「殺された人間の身元が曖昧ならそうだろうねぇ」

「まさか、本当に屍体が出てるんですか」

言いながら柵馬は資料をめくった。確かにそれらしい記述もあるようだった。

「だったら警察の出番でしょう」

「柵馬君。彼らが敵と認めるのは人間だけだよ。それも法に触れているか、反体制に与《くみ》する者のみ。理想の是非や善悪は関係ないのだ。いわんやその実在においてをや」

腕組みをして言い放つ編集長の顔面にパイをぶつけたくなる衝動を抑え、柵馬は言った。

「まあ、とりあえずやってみますよ」

「健闘を祈る！」

16

「電気人間討伐しに行くぞコラァ！」

携帯を耳に当て、柵馬は相手が出た瞬間を狙って怒鳴りつけた。編集部のある雑居ビル玄関を出たところである。道行く人が数人、テロリストでも見るような眼で振り向いたが、仕方ない。まず怒鳴らないと通話を切ってしまう人間が相手なのだ。

しばらくし、携帯越しに胡乱《うろん》な声が応えた。

「ていうか誰すか？」

「俺の番号、携帯に入れてないんかい！」

「あぁ。柵馬さんですか」

いつもどおりの雑な丁寧語《ていねいご》。詠坂雄二は今日もテンションが低かった。ライター業では柵馬のほうが先輩だったが、だから敬語なのではない。初対面時、同い年なんだからタメ口にしろと言ったのだが、そっちのほうが面倒臭いと言って聞かなかったのだ。

「どうせ暇してんだろ。仕事だ。出てこい」

「ちょっと今俺、働きたい気分じゃないんで……」

「何様だ」

「名刺持ってないんで判りません」

「あのなぁ詠坂」

「電気人間討伐って言いましたか？　今さっき」

言ったよと応えると、柵馬さんがやることになったんですねと声が返った。

「それはどうもお疲れさまです」

「完全に他人事《ひとごと》だな。遠海市はお前の地元だろ。どうして引き受けなかったんだよ」

「いや、だから働きたい気分じゃや――」

「死ね」

「……感動ですよ。この歳になるとそう言ってくれる人もいませんからね」

「詠坂。こういう都市伝説系のネタは、地元の人間が調理したほうが輝くんだよ。固有名詞を入れつつ、ごつごつしたリアリティで読ませていくもんなんだ。遠海市の怪奇スポット、ほかにも知ってるんじゃないのか」

「知ってますけど、そんなとこ今時は族連中だって来やしませんよ。家出した中学生は街で携帯いじってるし、発情した高校生は海っぺりの公園で青姦《アオカン》してんです」

「大学生はどうするんだ。大麻喫《す》って乱交か」

「知りませんよ。俺は高卒です」

「俺は専門学校卒だ。取材先は小学校裏手の林にあるらしいぜ。小学生ならおばけの話にも興味を持つもんだろ」

「どうかな。小学生のころって言やぁ、ドラクエの次回作が最大の関心事でしたけど」

「俺は日曜のジャンプだったたな。早売りしてるとこが近所にあったんだ。元気玉は無理でも、かめはめ波だったら出せると思ってた」

「中学では波動拳を練習したクチですか」

「昇竜拳で音楽室の天井に穴を開けたことならある」

柵馬は自慢げに言い、本題から外れていることに気付く。

——これだから同い年《タメ》のやつは！

「とにかく電気人間討伐だ。お前も来い」

「だから嫌ですって」

恐いんだろうと嘲《あざけ》りを滲《にじ》ませ問うと、恐いですねとあっさり詠坂は言った。

「というか、前から知ってたのか。電気人間の噂」

「噂だけならまあ。それが遠海市独自のものだってことは知りませんでしたけど」

「資料を読んだ上で断るなんて、いい御身分だな」

「皮肉は柵馬さんに似合わないですよ。……というか柵馬さん、その様子じゃ知らないんでしょう。この企画の出所《でどころ》がどこか」

「出所？　編集長じゃないのか」

「違いますよ。資料にはそこんとこがぼかしてあって、怪しく思ったんです。もう調べが進んでて、追加取材なんて要らないんじゃないかと思ったってのもありますけどね」

柵馬は抱えた資料を意識した。ざっとめくってみた感じ、確かに調査はほとんど済んでいる印象を受けた。電気人間が絡んでいると噂される事件の詳細に加え、関係者の実名と連絡先や細かな書き込みが入った周辺地図もあれば、現場の写真まであるのだ。飛ばし記事で良ければすぐにでも書けるだろう。

まだちゃんと読んでないんでしょうと詠坂は言った。

「俺、編集長に訊いたんですよ。これ誰の企画なんですかって」

「もったいぶらずに言えよ」

「当ててみて下さい。ちょっと考えたら判りますから。柵馬さんなら絶対」

唆《そそのか》されて資料を開くのも癪《しやく》だった。柵馬は眼を閉じ、ざっと眺めた資料の印象を思い出す。文章の勢い、文面の濃淡、言葉遣いの美醜《びしゆう》を。するとピンと来た。

「――流川さんの企画なのか」

「そうなんです。それで俺は怖《お》じ気《け》づいたわけです。あの流川映が自分で持ち込んだ企画を自分でやらないなんて怪しすぎるでしょう。それも場所は俺の地元。そんなん罠と見ないほうがどうかしてるってくらいだ」

「編集長はなんだと言ってた」

「流川さんがやらない理由ですか。忙しいからとか言ってましたよ。怪しいですよね」

柵馬は頷いた。確かに怪しいと思う。けれど――

「それはそれとしてやっぱ手伝え」

「まだ言う？」

「少し恐くなってきた」

「断りゃいいじゃないですか」

「流川さんが手を引いた企画なわけだろ。逆に退けんよ」

「そいつは見上げた根性ですね。でも付き合うのは御免ですわ。ひとりでやって下さい」

すげない台詞とともに通話は切れた。

柵馬はしばらく携帯を眺め、まあいいと思い直した。仕事を舐めて断ったのなら自宅に押しかけてでも連れ出すつもりでいたが、恐くて断ったのなら別だ。

――流川さんの企画なら、詠坂風情《ふぜい》が気後れするのは当然だよな。

即座に彼は別の番号を呼び出した。呼び出し音が一分ほど続き、相手は出た。

「お疲れです。柵馬ですけどもー」

「あぁ。どうしました。雑誌が潰れたとか？」

のほほんとした声で殺伐としたことを問われ、思わず柵馬は笑ってしまう。流川は普段どおりだ。今大丈夫ですかと尋ねると、大丈夫だという。

尊敬する相手だ。彼は率直に尋ねることにした。

「電気人間討伐の企画なんですが、流川さんの持ち込みだったんですね」

「そうですよ。なんだ、柵馬さんがやるのかい？」

「はい。それでいちおう流川さんに話通しておこうと」

通話の向こうで乾いた笑いが弾けた。何を言いますかと流川は言う。

「フリーは他人出し抜いてなんぼ。そんな温《ぬる》いこと言ってるといざって時に辛いですよ」

「はあ。気を付けます」

「それで？　それだけじゃないんでしょう。聞きたいこと」

「どうしてこの企画、自分でやらないんです」

「できたらやりたかったんですが。無理だと思って引いたんです」

「何が無理なんですか。これだけ調べておいてやめるなんて」

「まだ先があるみたいだったんですよ。だからこそもっとよく調べたかったんですが、ほら、こないだの一件で執行猶予をもらってしまったでしょう。どうもこれ以上調べたら警察が関わってきそうだったもので」

——警察？　そういえば編集長もそんなことを言っていた。確か……

「電気人間に殺された人間がいるって話ですか」

「そう。噂だけで良かったのに、実際に屍体があってはね。それも三つ。いずれも病死で片付けられていますが、ちょっと怪しいところもあるみたいで」

「電気人間に殺されたと？」

「どうでしょうかね。ただ、そんなものの存在を信じなかったとしたら、誰かが殺したことになる。なのに誰も捕まってはいない。つまり」

「真犯人が逃げおおせている？」

「さて判りません。確かなのは、そんなものがいないという線で書くのなら、警察の怠慢を告発する真似をしなくちゃいけないということ。今のわたしにそれは無理です。勢い、そんなものが実在するという線で書く羽目になる」

「だから討伐って企画なんですね。存在否定ではなく」

「そう。けれど取材を終える前に方針を選んでおくなんて嫌な加減じゃありませんか。だから自分ではやらず、企画ごと編集部に売ったんです」

柵馬はため息を堪え、流川の態度をライターの心意気によるものと解釈することに決めた。きっとこうでなくてはいけないのだと。

「判りました。この企画、いただきます」

「お手並み拝見といきますよ。ああそう、せっかくだから説教めいたことを少し。もしもホラー調で書くなら、真剣に恐がらないといけませんよ。書き手が恐がってないホラーくらい読めないものはありませんからね。それに、語ると現れるというなら、語ってはいけません。どんなにバカバカしくてもルールは尊重すべきです。取材は可能な限り対象に影響を与えずに終えるのが基本ですから」

そうして通話は切れた。

しばらく携帯を眺めつつ、じわじわ湧いてくる感情に柵馬は戦《おのの》いた。確かな恐怖でもあった。おいおいと思う。

――これはひょっとして俺、試されてるのか。

そう思えば、恐怖と同じだけのやる気が湧いてくるのにそう時間は必要なかった。

17

「電気人間を殺してくれよ」

制服姿の女子中学生は両手を握り締めてそう訴える。提案の非現実ぶりに、柵馬は一瞬、頭を真上へ引っ張られるような感覚を覚えた。ファミレスの禁煙席、対面に座る少女とは初対面なのに、名刺を渡してすぐにそんな言葉が返ったのだ。

柵馬は頰を掻き、メニューを手にした。

「日積……鈴《りん》ちゃんだったね。よかったらまずオーダーを」

いらねーしと正面から言われ、柵馬は仕方なくメニューを閉じた。どう切り出そうか考える。情報が得られるチャンスなのだ。

資料によれば、電気人間に殺されたとされる人間は三名いるようだった。

ひとりめは赤鳥美晴。課題で電気人間の調査をしていたという学生だ。彼女の屍体が発見されたのは一月六日の昼のこと。ホテルのシングルルームにある洗面所で、警察の調べによれば、その前夜に死亡したらしい。

二人目は竹峰英作。件《くだん》の地下壕がある林を管理していた老人だ。彼は赤鳥美晴が死亡した日の日中、彼女に地下壕の鍵を渡している。そして彼女の屍体が発見された翌日、一月七日の夜、自宅の風呂場で死亡したという。

三人目は日積亨。赤鳥美晴の幼なじみである高校生だ。流川のまとめた資料は、彼の記述に最も多くの文章が割かれていた。日積は赤鳥の死後、彼女の足取りを個人的に辿っていたという。日積の屍体が発見されたのは五月になってからだが、解剖の結果、赤鳥や竹峰と同じ時期に死亡したことが判明している。彼の屍体を発見した小学生はそのころ、生きている日積と地下壕の近くで会ったことがあると証言したらしい。

三人とも、死因は心不全で片付けられていた。

資料を眺め、柵馬はどんな物語でもあてがえると思う。三人の死者の関係はそれくらい緩い。ちょうどいい緩さでもあった。これ以上しっかりした繋がりがあれば警察が本腰を入れて捜査しただろうし、もっと緩ければ噂にもならなかっただろう。

柵馬は考え、資料に『協力的』というチェックがあった日積亨の妹、日積鈴に取材を申し込むことにした。流川のチェックは正しくあっさりと取材は受け入れられ——そして待ち合わせ場所に現れたのが、髪を真っ赤に染め、制服をだらしなく着崩し、かったるそうに喋る目の前の少女というわけだった。

柵馬が考えをまとめるより先に彼女は喋り出した。

「兄貴は殺されたんだよ」

「そう信じる理由があるのかな」

「心臓麻痺なんて嘘さ。あいつ病気ひとつしなかったし」

「それでも、事故や自殺じゃなく殺されたと考えるのはどうしてだい。誰かから恨まれるような心当たりでも？」

彼女は答えなかった。不信があるのかもしれない。柵馬は話題を変えることにした。

「こういう話をしたのは、流川さんが初めて？」

「ケーサツは全然説明してくれないし、こっちの話なんて聞くわけないし」

「おかしな人だったろう」

「あ？」

「流川さん」

何かを思いだしたのか、日積鈴は楽しげに笑った。

「イってるよねあの人。オレが真面目に話してんのに真顔でボケかましたりして。最初は天然かと思ったけど、わざとなんだよ」

「で、すぐに慣れた？」

「少しキレて怒鳴ったかも。そうしたらすぐ謝ってきたんだけど、こっちが収まろうとしてんのに、すぐにまたボケかましてさ。最後は思わず笑っちまったけど。今思えばあれで笑えるようになったんだ。兄貴死んでからオレ、ずっとブルゥだったし」

——これが流川さんのすごいところだよな。

年の離れた少女を笑わせるそれは、技術じゃなく人柄によるものだろう。ライターには便利なスキルだ。合わせて笑いながら栅馬は言った。

「僕はあの人の弟子のつもりなんだ。そんなこと面と向かって言ったって、冗談で躱《かわ》されるだけだから言わないけれど」

「へえ。弟子、ふーん」

「流川さん、君に謝っておいてくれと言っていたよ。せっかく貴重な話を聞かせてもらったのに、やり遂げられなくてと」

「んなこと。誰にだって事情はあるだろうし」

「僕もそう思う。でも、それで自分を許せるような人はプロフェッショナルじゃないというのがあの人の持論なんだよ」

そんな持論はなかった。いやあるのかもしれないが栅馬は聞いたことがない。仕事の姿勢について語られることはあったが、言葉より行動で示されることのほうが多かった。

彼女は手持ち無沙汰にグラスを触り、呟くように言った。

「そういや言ってたっけ。そういうものが実際にいるかどうかは判らない。けど、兄貴を死に至らせた何かはあるって。結果的に自殺や事故だったとしても、そうなる原因はちゃんとあって、それは噂されるものと根っこが同じかもしれないとか」

柵馬は頷いた。いかにも流川が言いそうなことだった。

「僕はあの人の仕事を継ごうと思ってる。けれど、そのためには電気人間が何かを知らなくちゃいけない。質問に答えてくれないかな」

「――オレに答えられることなら」

「お兄さんは誰かに恨まれてたのかい？」

日積鈴は答えず、そっと視線を逸らした。

「恨まれてはいなかったんだね？」

「さあ。オレの知らないところで兄貴がどうしてたかなんて」

「判らない。うん。それはそう。中学生と高校生の兄妹なら距離があるのも普通だ。でも君はさっき、お兄さんが殺されたと言った。他人に恨まれていたと思っていたわけでもないのに。それはどうしてだい」

返答はない。当ててみようかと柵馬は続けた。

「君はお兄さんが殺されたと信じてたわけじゃない。ただ、殺されたと言わなくちゃいけないと思ってたんだ。殺されたかどうかはともかく、殺したのかもとは思ったから」

日積鈴は肩を震わせ、即座に舌打ちでごまかそうとする。タイミングを見て、柵馬は優しく語りかけた。

「それが自然だよ。僕だって君の立場なら同じことを言ったと思う。……お兄さんは、誰かを殺したいと思ってたのかな」

「判らねえよ。マジに。でも——」

訝しむ眼の彼女に、柵馬はただ頷いてみせた。舌打ちはため息に変わり、彼女はテーブルを叩きながらようやく口を開いた。

「兄貴は美晴姉ちゃんと付き合ってた……と思う。それは間違いない。けど、きっと付き合ってたって思ってたのは兄貴だけで、美晴姉ちゃんはそう思ってなかったんだよ。そんなつもりじゃないっていうか」

「遊びだったと？」

「ぶっちゃければ、そう。あの人にはそういうとこがあってさ。自分から言い出した約束を相手にだけ守らせて自分は平気で破ったりとか。そういうの、うっかりじゃなくてわざとやんだよ。それで相手が怒ると笑ったりして」

「あまりいい性格じゃなかったんだね」

「いや、つーか別にそんなのもフツーだろ。無茶苦茶優しい時だってあったし。ただ急にそれが入れ替わるから混乱させられんだよ。オレはもうずっと美晴姉ちゃんとは話してないけど、兄貴は隠れて会ってたみたいだし」

「尾行とかしてみたのかな」

息を飲み、彼女はまたため息を吐いた。図星のようだった。

「二人はいつもどこで会ってたんだい」

「……喫茶店とかだよ。ただ、その、いつもそのあとで――」

「ホテルに？」

「まあね」

柵馬は頷いた。年上の女と遊びで付き合えるような高校生像にリアリティは感じなかった。遊ばれていたと考えていたほうが頷ける。

――だからこの子は兄が赤鳥美晴を殺したのかもと考えたわけだ。けれど。

「心配するようなことはなかったんじゃないか。君の兄さんは亡くなっている。もし赤鳥さんの死が事故でも病死でもない、他人の手によるものなら犯人は別に」

違《ちげ》えって！　と日積鈴は怒鳴った。

「そうじゃなくて兄貴は……美晴姉ちゃんが死んですぐ、行方不明になったんだ。家に帰ってこなくて。携帯にかけても出なくって。五月にあんなふうに見つかるまでは、どこ行ってるかも判らなかったんだ。だからっ」

「自殺したのかもしれないと」

——遊びの関係に我慢できなくなり、つい勢いで殺してしまった。そして良心に苛《さいな》まれさまよい、死に場所を見つけて死んだ。判りやすい物語ではある。

少女はこくんと頷き、堰《せき》を切ったように喋り始めた。

「兄貴が死んだ時に持ってた荷物、ケーサツから帰ってきて、親父もお袋も見たがらないからオレが見たんだ。したら包丁が一本入っててよ。ケーサツは使われていないって言ってたけど、そんなの持ち歩いてることがもう駄目じゃんか。それに兄貴は、美晴姉ちゃんが死ぬ前に歩いた道を辿ってたみたいなんだよ。あの人の大学に行ったり、ホテルの部屋に泊まったり。死んでたとこ……地下壕だっけ？　あそこを選んだのも、死ぬ前に、美晴姉ちゃんのやりかけてたことを完成させようとしたからじゃないかって——」

「地下壕内で自殺したって、電気人間の調査が完成したことにはならない。それとも兄さんの遺留品には、できあがった電気人間論でも入っていたのかい」

日積鈴はいやと首を振った。

「ぽいのは美晴姉ちゃんが書いたレポートだけ。それだって未完成だったし。けど、それでもいきなり死にたくなったらさあ」

——人は死ぬ。

なんでもない理由で死ぬし、理由がなくたって死にたがるやつは死ぬ。

柵馬はそう理解しながら同意しなかった。冷静でいる限り、自分から死を選ぶほど切迫した状況などそうないだろうと思っている。

人生には辛いこともある。けれどそれを乗り切るための武器もある。くだらないバカだって、真剣にやれば笑いは取れる。そして、笑っているあいだは、どんな状況でも死ぬなんて思いも寄らないはずなのだ、と。

けれどそんな簡単なことが思春期の想念世界では忘れられがちだということも、柵馬はよく判っていた。自意識に溺《おぼ》れ死にそうになっていたところを、何度も流川映の記事に助けられたかつての自分を思い出しながら言う。

「確かに自殺なら動機は本人にしか……いや、本人にさえ本当のところは判らないかもしれない。でも、だからって君の兄さんが自殺したことにはならない。ましてや人を殺したなんて決めつけられたりするものでもない。勝手な想像だ。状況証拠以下だ。それに、自殺の痕跡を警察が見逃したとも考えにくい。遺体を解剖までしているんだから」

恐らく潔白《けっぱく》だろうと柵馬は言い切る。綺麗な想いから出た言葉ではない。殺されたのなら電気人間によってではないと、記事にならないからだった。

「君の兄さんは電気人間に殺されたんだ。もちろん、それが噂されるようなものであるかどうかはまた別の話だけれど」

「誰かの仕業だっていうのかよ」

「それを調べているんだ。警察は諦めたみたいだけどね。僕は真実を知りたい」

すると日積鈴は深刻そうに舌打ちし、バッグをテーブルの上に載せると、中からプラスチックのクリアケースを取り出した。ｉＰｏｄとメモリーカード、古びた黒い鍵、ノートに各種レシートなどが入っている。兄の遺品だと彼女は説明した。

「オレはもう見たくねーから渡しておくよ。適当に使ってくれ」

即座に手にしたい衝動をぐっと堪え、柵馬は彼女の眼を見つめた。

「本当にいいのかい。親御さんは――」

「言ったろ。親父もお袋も触ろうともしないんだ」

「判った。借りておくよ」

そうして彼は日積亨の遺品を手に入れた。

「電気人間の殺し方かね？」

「はぁ。そういう噂はありませんか」

すまなそうに柵馬は言った。笑いながら言えば皮肉と取られてしまうかもしれないし、真顔ではバカだと思われるかもしれない。

18

日積亭の所持品を手に入れたまでは良かった。しかしその後、赤鳥美晴の遺族には取材を拒否され、屍体の検視を担当した所轄署でも門前払いを喰らったのだ。地下壕を見る案も考えたが、それは最後にしようと決めていた。そのほうがテンションの高い状態で執筆に入れるという目算があったのだ。

そこで柵馬は赤鳥美晴の担当教授に取材を申し込んだのである。

もちろん赤鳥美晴について訊きたいなどと言ったところで了承されるはずもないので、電気人間について調べているとの説明を添えての申し込みだった。結果、承諾が得られ、彼は赤鳥が通っていた大学にやってきたのだ。

「まずひとつ誤解を正しておきたいのだけれど」

そう前置きして教授は喋り始めた。聞くだけで背筋が伸びそうな声だった。

「私は特別、電気人間という怪異に詳しいわけではない。先日、警察の人も同じようなことを聞いていったが、それはあくまで赤鳥君の研究テーマだ。電気人間について私が知っていることはごく表層的な部分にすぎない」

「しかし、怪異ですか？　そういったものの典型的なケースというか、パターンというか、そういうものには精通しておられるのではないかと」

「類推することはできる。たとえば怪談は、それを回避する手立てとともに語られることが多い。類型をいくつか挙げて説明することもできるだろう。しかし君は電気人間の殺し方を尋ねた。それは非常に独立性が強いファクタだ。というより、大半の怪異はそんな説明を持ってなどいない」

「でもその、魔除けの道具とかはあったりしますよね」

「魔除けは魔除けにすぎない。退けられるだけで、殺せるわけではない。かつてそれを使って退治したことが伝えられる道具もあるが、退治された怪異はもはや怪異ではないから、その道具が再び役立つことはない」

「幽霊を成仏させたりとか、悪霊を祓《はら》ったりするのは」

「それらは儀式だ。その儀式を行使する集団が認めた対象にしか効かない。いやむしろ、集団の規律に従う者が遭遇した怪異にしか効かないといったほうがいい」

「信じる者は救われるというわけですか」

「まさにそのとおり。救いを必要としない者は信じずともよいと言ったほうが、現代人にはなじむかもしれないな」

柵馬は頷いた。よく判る言葉だと思う。

「都市伝説の扱いはその場合、どこの管轄というか、担当になるんですか」

「特にはないよ。歴史が浅いせいだが、そもそもそうしたものを持たないところが都市伝説の特徴でもあるのだ。どちらかと言えば、それは文化より娯楽に近い」

「娯楽、ですか」

「エンターテイメントだ。君もそれが目的なのだろう」

「それは……」

柵馬が口ごもると教授は手を振り、それで構わないんだと言う。

「都市伝説はマスコミに育てられた面が多分にある。ある意味、都市伝説の殺し方をよく知っているのはマスコミだろうと思うよ」

「どういうことでしょう」

「怪異を殺すには、怪異の死というものをまず問わなくてはいけない。怪異の死とは、一体どういう状態を指すだろうか」

問いの意味が判らず柵馬が黙っていると、教授は続けた。

「この問いには大きく二通りの場合分けが考えられる。怪異が肉体を持つ場合と持たない場合、言い換えるなら、実在する場合と実在しない場合とにだ」

「信じるか信じないか、ということですか」

「厳密には違うが、その理解でもいい。君は怪異を、この場合は電気人間のことだが、その実在を信じているかい」

「いいえ」

「だとすれば実在しない怪異についての死を問えばいい。実在しない怪異の死とは、一体どういうことを指すだろう」

問われ、柵馬は迷わなかった。

「忘れられてしまうこと、誰にも語られなくなってしまうことじゃありませんか」

誉められるどころか叩かれもせず終わってしまうこと。眼を留めて読んでもらうことなくスルーされてしまうこと。それはそのまま彼が糧《かて》としている記事の死、ライターにとっての敗北のありようだった。そのとおりと教授は頷く。

「語る者がいなくなれば怪異は死ぬ。肉体を持たない怪異の死とはそういうことだ。裏を返せば、語る者がいる限り怪異は何度でも蘇《よみがえ》る」

——いったんは最終回を迎えた企画が復活するようにか。

「判ります。すごくよく」

「それなら君の問いの答も出ただろう」

「……電気人間を殺すには、それが飽きられればいい。つまり、電気人間が誰にも語られなくなるようにすればいい、と？」

「原理はそうだ。だが世間に広がった噂を操作するのは難しい。まず不可能だろう」

「じゃあどうすれば殺せるんです」

「君は電気人間を信じないと言った。だが君が想定する怪異は主観的な存在だ。君ひとりの世界——君の眼が届き、肌が感じ、耳が聞く範囲で語られることがなければ、それだけで君にとっての電気人間は死ぬことになる」

——語られなければ死ぬ。忘れられればそれまで。そういえば——

「語ると現れると、電気人間の噂にありましたね」

「そうだ。それ自体は電気人間に限らない、多くの怪談が共通して含む要素だ。本邦の言霊《ことだま》信仰を土台としているのだろう」

「善《よ》きことを口にすれば福が訪れ、悪《あ》しことを口にすれば災厄が降りかかる、と」

「そのとおり。その一方で、怪異そのものの成り立ちに言及した説明だと考えてみるのも面白い。都市伝説と呼ばれるものの中には、その真偽を確かめる方法を引き算して形作られるパターンも少なくないからね」

「判ってるやつが作ったのだと？」

「そう。怪異は少なからずそうした人間たちによって支えられるものだが、都市伝説は近代合理主義を経ているぶん、ロジカルな作りをしている場合が珍しくない。噂で、電気人間はどんなものであると語られていたかな」

「……語ると現れる。人の思考を読む。導体を流れ抜ける。旧軍により作られた。電気で人を殺す。この五つです」

「どれも巧妙に存在の吟味を回避しているじゃないか」

「そうですか？」

「語れば現れるとされながら、どういう姿で現れるのかは説明されていない。電気のスパークのように光り輝いているのか、それとも人と変わらない姿なのか、そもそも人の眼に見えるものなのか。そうしたことを語らないことで、語っても現れないじゃないかという反論に対する逃げ道を用意しているわけだ」

「見えなくてもいるんだと言えるように？」

「そう。また人の思考を読むというのは、電気人間が喋らない限り確かめようがないことだろう。だが、電気人間が言葉で人を惑わすといった、会話のできる存在であるというような説明はない。やはりこれも確かめられないことだ」

「嘘であっても糾弾《きゅうだん》されないようにしていると」

「そのとおり。さらに、導体を流れ抜ける。これは、電気人間からは逃げられないという恐怖を喚起するためのものだろうが、電気人間を捕まえることはできないという説明でもある。捕獲による存在証明はできないというわけだ。となれば、旧軍によって作られたという説明も同じ理由によるものかもしれない。旧軍という今はない集団を起源の説明に持ち出すことで、遡っての調査を不可能にする狙いがあったんだろう」

柵馬は頷いた。怪異を頭ごなしに否定するのは簡単だが、こうしてその仕組みを説明することにはまた別の面白味があると思う。

「最後のそれもまた秀逸だ。電気で綺麗に人を殺す。ここでは電気人間について手段と目的が語られている。電気という手段のインパクトに隠れているが、この場合重要なのは目的だ。人を殺すことがまずあって、動機は語られていない。つまり動機はなくてもいい。動機を想定しなければ、人格も設定せずに済む」

「突っ込みどころが減らせると」

「そうだ。よくできているが……電気人間がマイナーな怪異であるのも、そうした設定のせいなのだろうな。追究を回避するための説明は、怪異の輪郭をぼかしてしまう。姿は判らない。人格も過去も不明。特定の場所に出るわけでもない。そうした怪異は物語として語られにくくなる。確かそれは、七不思議のひとつに数えられているのだったね」

「はい。遠海市にある名坂小学校というところの」

教授はしたり顔で、それも道理だと言う。

「構造的に七不思議という外骨格なしには自らを保てず、ゆえにその小学校を含んだ土地から離れたところでは語られにくいのだろう。語りの魅力で自らを保つのではなく、環境に設定されたがために生き残っているというわけだ」

「そこまで計算して作られたものだというわけですか」

「語り始めた者がどこまで想定していたかは判らない。怪異も時間が経てば洗練されていくものだからね。それでも、何もないところに設定されたとは考えにくい。その環境——小学校には、土台となる何かがあったのかもしれない。それが明らかになれば面白いと、赤鳥君の研究テーマを聞いた時に思ったのだけれど」

教授は黙り込んだ。死んでしまってはしょうがないと思っているのだろう。

柵馬は割り切って尋ねた。

「電気人間に殺されたと噂されているのは、彼女だけでなく、ほかに竹峰という老人と、日積という高校生もいるんです。そうしたことについてはどう思われますか」

「いいんじゃないかな」

「――いい？」

「竹峰という老人は知らないが、日積君については警察から聞いた。会ったこともある。もっとも、私の前では赤鳥君の弟だと名乗っていたが。二人の死は心不全だと聞いた」

「警察はそう判断したみたいですね。それに加えて竹峰老人の死も、冬の風呂場でよく起こる血圧変動が招いた心不全だろうと」

「つまり、これといって明確な死因は見つからなかったわけだ。だとすればなおさら死んだのは電気人間の仕業としても構わないだろう。そうすることで頷ける者がいるのなら、怪異としても存在意義があるというものだ」

「そう簡単に語っていいものなんですか」

「民俗とは人の生活に根差したものだ。日常にある慣習こそ本質なんだ。怪異は道徳や合理主義的見地から批判されがちだが、これは言い換えれば、それらの管轄に収まらないモノやコトを扱う役割を果たしているとも言える」

「どういうことですか」

「そうだね、例えば……」

教授は手を組み合わせ、しばらく考えてから続けた。

「蜃気楼《しんきろう》の正体を子供に問われた時、光の定義から始めて気温と湿度の差による屈折を説明し実験して確かめさせることに比べたら、巨大な蛤《はまぐり》が吐く気だと説明したほうが簡単で短いぶん、より多くの耳に届くだろう。問うのが根気ある子供ばかりとは限らないし、問われる側に真実を教えられる能力があるとも限らないのだからね」

「だとしても、それは嘘でしょう」

嘘だよと教授は答える。ああ、まったくの嘘だ。

「だが、蜃気楼を誤解していたところで実生活に支障はないだろう。乱暴に言えば、民俗とはどうでもいいことから生まれるんだ。どうでもいいからこそ好きに説明が付けられる。事実はひとつだが嘘は無限だ。結果、地域や民族ごとで説明に幅が生まれ、微妙な違いが生まれる。不審死の解釈も同様だろう。電気人間がどのように用《もち》いられようと、そのようにしておくことで納得する者がいる限り否定するには及ばない。真実を明らかにしたところで、死者が生き返るわけではないのだからね」

19

「電気人間の倒し方が判ったぞ！」

「それは良かった。人類の未来は柵馬さんに託します。あ、セーブしといたほうがいいですよ。じゃあ頑張ってください」

「待ておい詠坂ぁ！」

「何すかもぉ……」

携帯電話の向こうでやる気のない声がぼやく。まあ聞けと言い、柵馬は教授より拝聴した電気人間論を開陳してみせた。

「どうだ。面白いだろ。都市伝説ひとつとっても、成り立ちには理屈があるわけだよ」

「はぁ。確かに論理的な話だと思います。でも正直な話、その教授の見方ってのも大分空気読めてないなって思いますよ。電気人間は都市伝説というか、怪談なんですから、素直に恐がっとくのが大人の対応っつうか……」

「俺は少年の心を忘れちゃいない」

「まあね、俺もね、常日頃からそうありたいと思ってますけどね」

仕事なんでしょうと詠坂は続けた。何がだと柵馬は返す。

「この取材がですよ。もうちっとメインの題材に迫ったほうがいいんじゃないですかね。ばつくれた俺が言うことでもありませんけど」

「地下壕を調べろってか」

ふふんと柵馬は笑ってみせた。意味ありげな笑みだった。

「言いたいことは判るぜ。実在ダンジョン特集なんだから、現地行って空気感じて写真撮って、それを元にテキストをでっちあげればいいと思ってるんだろう」

「いやまぁ、面白くなくちゃ意味はないですけどね」

「……厳しいこと言うな」

「たまには言う側にも回りたいですから」

「とにかくそれで完了ってのもなぁ、どうなんだろうって俺は思うわけだよ」

「人生論的な話なら間に合ってますよ」

「思い入れがある企画なんだ。やっつけ仕事にはしたくない」

「じゃあどうするんですか。本当に電気人間を討伐するとか言うんじゃないでしょうね」

柵馬は黙って答えなかった。マジかよーと詠坂はあきれ声で言う。

「本気でそんなこと思ってんですか？　ちょっ、いや……えぇ？　勘弁して下さいって。らしくないですよ柵馬さん！」

「どういうのが俺らしいのさ」

「もっと常識に沿ってですね。こう、好かれるなんて無理でも、まぁまぁ読んだ人に頷いてもらえる記事を書くキャラでしょう」

「そうだよ。俺はそのつもりで言ってんだ」

「どういうことですか」

「屍体が三つも出てるんだぜ。電気人間が殺したって噂もある」

「全員死因は心不全なんでしょう」

「それが怪しいってんだ。病死にしては赤鳥と日積は若すぎるし、竹峰を含めた死亡時期も接近しすぎてる。バイアスなしに見たって、これはやっぱおかしいだろ」

「そういうこともありますって。そんなつまんない偶然が普通に起きちまう世だから、ドラマが別枠で必要とされるんです」

「いちおう調べたんだよ。不審死の種類別で心不全が占める割合の全国平均と、この遠海市における数字を。そしたら約三倍の差があったんだ。遠海市のほうがかなり高い。こいつは母集合の規模や年度の別を考えても無視できないだろ」

「うーん、統計って数字のトリックが含まれるもんだからなぁ、一概には言えないと思いますけど。でも、遠海市のほうが割合が多かったんなら、三人が心不全で死んだのも不思議じゃねえってことでしょう」

「赤鳥と日積は遠海市の住人じゃない。それにまず、遠海市では心不全で死ぬ人間が多いってこと自体が不思議だろ。でな、ここにひとつ面白い手記がある」

携帯を左手に移し、柵馬はメモ帳を取り上げた。問題のページには汚い字がのたくっている。『殺す』『殺せ』『復しゅう』『殺さなくて』『カタキ』……そんな物騒な文字の中から気になる走り書きを読み上げた。

「殺しかた、電気を使う、痕跡が残らない、軍の新兵器……」

「誰が書いたんですか」

「日積亭と思われる屍体の所持品だよ。妹は本人の筆跡だと保証した」

「そんなものまで手に入れたんですか」

「ほかにもあるぜ。日積の所持品にゼロックスコピーがあってな。隅に遠海市立図書館の印字があるから、図書館の蔵書のコピーだろう。太平洋戦争時、遠海市に構築された地下壕を紹介している文章なんだが、件の地下壕については何も書かれていない。どうだ。面白そうな話が浮かびそうじゃないか」

「あんま気が進まないんですけど」

「日積亭は、電気人間の正体を旧軍の新兵器と考えていた。人を感電死させる兵器が、その地下壕で生産されていたんだと。感電死なんて死に方としちゃ珍しい。屍体を見た医者がヤブなら、心不全に見立ててしまうんじゃないかとまで想像したのかもしれない」

「電気を使った暗殺兵器ですか」

「そう。その兵器を現在でも使っているやつがいて、そのために遠海市では全国平均より心不全で死ぬ人間が多いと考えれば、どうだ」

「そうなるともう電気人間とは別の都市伝説ですよね」

「まあここまでは俺の思い付きだ。で、どうよ？」

「何がです」

「お前は人殺しの話を書いてるだろ。実際問題として、感電死した屍体を心不全と見誤ることってあるものなのか？」

うーんと詠坂は唸り、ゆっくりゆっくり喋り始めた。

「感電死はどうやって認定されるかって話になると思うんですよね。感電死特有の痕跡が残っていれば、どんな医者だって心不全とは見ないでしょうから」

「跡は残るものなのか」

「場合によるでしょう。感電死って、大体が落雷か事故ですからね。雷に打たれれば、電流の通り抜けた経路が焼け焦げます。高電圧事故なら皮膚に電紋と呼ばれる特徴的な跡が残るし、電極に直接接触して感電した場合、皮膚に金属膜が焼き付いたりもするそうです。服を挟んでいれば、繊維が焦げて穴が開くでしょう。そういう死に方をすれば、屍体の痕跡を消すなんて無理だと思います」

「家庭用電源で自殺するって話も聞くぞ」

「自殺法としちゃマイナーですけど、確かにあります。家庭用コンセントの電圧は一〇〇ボルトか一五〇ボルト。でもこのくらいの電圧だと、手で剝き出しの電極を摑んでみたところで死ぬほどの電流は流れません。皮膚には電気抵抗がありますからね。電圧が一定なら電流は抵抗に反比例するんで――」

「皮膚の抵抗を減らせばいいんだな」

「ええ。いちばん簡単なのは皮膚を濡らすことです。濡れた手でドライヤーを使うなって言うでしょう。というわけで、電気を用いた自殺では躰を水に沈めた状態で通電するのが定番になるわけです。その水がイオンを含んでいればもっといい。拷問なんかで粘膜に覆われて湿っている場所――口、肛門、女陰、尿道などに電極を刺すのは、相手の尊厳を奪うばかりじゃなく、科学的な理由があるわけですわ」

「気分の悪い話だな」

そっちが聞いたんじゃないですかと言い、詠坂は生き生きと続けた。

「とにかく人体内部には抵抗がほとんどないんで、感電死しようと思ったら皮膚の抵抗をどう突破するかがカギになる。ただこの場合、焼かれて死ぬわけじゃなく心細動を起こして死ぬわけで、必ずしも大電流は必要じゃない。そんなわけで感電死は、屍体発見時の状況や目撃者の証言に由《よ》って認定する場合が多いそうです。周囲に高電圧のものがなく、皮膚に残った痕跡が小さかったりすれば、判定が難しくなることもあるでしょう」

「その場合、死因は心不全になるか」

「警察医の眼力を信じたいとこですけど、屍体を取り巻く状況に不審点がなければ、死因が判らなくても心不全で片付けて解剖までは回さないっていうのが、変屍体に対する日本の官憲の対応だそうですから」

「怠慢だな」

「色々あるみたいですよ。予算、人材、制度、それに警察と自治体と法務省のセクショナリズムがあれこれと。柵馬さんがさっき言った統計の差も、自治体ごとで幅のあるものだと思うんですよ。全国平均と比べるのはフェアじゃないというか、極端な話、その地区の警察医の匙《さじ》加減でいくらでも上下するものだろうと」

そうかいと柵馬はため息で応じた。

「とにかく俺の読みというか、日積亭の想像だな、人を電気で殺す兵器って説は、そう的外れでもないと考えていいのか」

「どうかな。本格としたらキワモノですけど、サイエンスフィクションでも、どうしてそんなものを作ったのかって設定は要りますよ。電気で人を殺す兵器ったって、技術的には接触して電流を流すタイプのものになるだろうし、理由付けは結構面倒です」

「ホラーはどうだ」

「ホラーならなんでもありです。でも、それなら角材でぶん殴ったほうが気が利いてるでしょ。手触りのある恐怖が今時の流行ですし」

「屍体に痕跡を残したくなかったんだとしたら」

「痕跡を残したくないなら、まず電気を使う殺害方法を選ばないと思うんですよね。スタンガンなんかでも皮膚に跡は残りますし、一瞬で相手を殺そうとすれば、使用者まで危険なぐらいの高電圧を発生させる必要があるでしょうから」

なるほどと柵馬は頷いた。

——恐らくこいつは話を断ってからも感電死について調べていたんだろう。でなければこんな知識がすらすら出てくるわけがない。

「でもな、死んだ三人のうち、赤鳥美晴は全裸で、躰を濡らした状態で見つかってる。竹峰英作って爺さんも風呂に浸かってる時に死んだ。日積亭の屍体は、腐敗が進んで屍体は蛆に散々食い荒らされてたって話だ。全員が感電死だったとして、痕跡がうやむやになる条件は整ってる。整いすぎてるくらいだ」

ひとつ愉快な仮説があるにはありますよと詠坂は半笑いの声で言った。

「確かに三人の死は関連してるのかもしれない。その裏に殺人者がいるという説は、俺みたいなクズにとってこそ魅力的です。電気が使われたかどうかはさておき、一見して心不全で死亡したと思われる殺し方を殺人者が選んだのだとしましょう。すると俺なんかはこう問う。ヘイボブ！　一体どうしてそんなことを？」

「疑われないためだろ。当たり前じゃないか」

「違う違う。手段じゃなくて、動機のほうです。どうして三人を殺したのか？　三人が犯人にとって不都合なことをしたのか」

「したんじゃないのか」

「いや、俺はしてないと思います。三人を繋ぐ線は見つかってないんでしょう。見つかってりゃさすがに警察が動くはずですよ」

「日積が赤鳥を殺して、その後で自責の念にかられて自殺って可能性は？」

「それだと風呂場で死んだ爺さんの居場所がありませんよね」

　ひとつ確認しておきますと詠坂は続けた。

「三人の死は関連してる。電気人間が殺したという噂がある。この二つが柵馬さんの推理の大前提というか、ライター業をまっとうする上での条件だ。これらを満たさない真相は吟味するに値しないとします。いいですか？」

「あぁ。で？」

「その上で三つの屍体を眺めると、感電死したと考えても別に不都合はない。いや、むしろそう思わせたいがため屍体をそんなふうに整えたようにも見えてくる。犯人は電気を使って殺した。なぜ？　電気人間が実在すると思わせるためにです」

「噂を広げたかったってのか？」

「いやむしろ俺は、その噂も計画の一部だと考えます。殺人者は最終的に、電気人間がいるという雰囲気を醸成したかったんだろうなと」

「そんなことしてなんの得になるんだ」

「話題になるじゃないですか。というか、その手の与太《よた》で稼いでるのが俺らでしょうに」

　ぐっと柵馬は言葉に詰まった。詠坂の言《げん》は一理ある。だが頷けない。小説家の言葉は推理のための推理に思えた。

「そんなの言葉遊びだろ。何も言ってないのと一緒だ」

「うーん。結構あからさまに犯人を指摘してるつもりなんですけどね」

「どういうことだよ」

「そのままの意味ですよ。電気人間が実在すると得する人、仕事になる人が犯人だと言ってるんです。つまり」

「つまり？」

「犯人は柵馬さんです」

柵馬は黙った。詠坂も黙った。内心はもちろん、同じではない。

確認しておこうと柵馬は言った。

「お前、喧嘩売ってんだよな？」

「否定なさりやがるんですか」

「なさりやがらいでか」

ふはっと携帯の向こうで笑いが弾けた。

「まあ言っといてなんですけど、柵馬さんではありませんよね。ぶっちゃけた話、仕事のために三人殺す、そこまでの覚悟はないでしょう」

「ないな。というかそんな覚悟があるやつなんていないないだろ」

「そうですか？　覚悟を仕事に対する姿勢と言い換えれば、俺にはひとり心当たりがあるんですけどね。……そもそもこの企画はどこから出たものだったか」

「流川さんだってのか？」

柵馬は即座に否定することができなかった。詠坂の言うとおり、面白い記事を書くための覚悟は疑う余地もない相手なのだ。ひょっとしたらという想いはある。だから彼はその可能性の真偽より、そんなふうに自分が考えて否定しづらくなるのを見越して推理を口にした相手への反感から怒鳴ることにした。

「あるわけねぇだろバーカ！」

「流川さん、今度蘇生呪文とかで除細動器作るって聞きましたよ。その技術が実は電気人間を演出する道具で培《つちか》ったものだとしたら、と想像は膨らみません？」

「小説読みの邪推だな。逆だろ普通。それまでに電気人間のことを調べてたから、電気を使うアイデアが出てきたってだけだ」

「仕事のために殺したってのはなしでも、ついでと考えればありになりませんかね。殺しついでに一仕事こなしてしまうことを考えたと」

「どんだけ勉強できないんだよ！」

そうですか、まあそれもそうですねと詠坂はあっさり退いた。

「流川さんの仕事ぶりからこんな推理を展開しましたけど、あの人のバランス感覚を思えばないなと思います。傍《はた》からどう見えようと、あの歳までライターで仕事ができてる以上、良識や常識も充分以上に備えてると思うんで」

否定されることを予定していたような喋りだった。柵馬は舌打ちを堪えて続けた。

「それで結局どうなるんだ。簡潔に述べろよ」

「回りくどく話すのがサービスなんです」

「結論なんて最初からなかったと思われても文句は言えないな」

それじゃあまあ端折《はしょ》って結論だけを言いますと連ね、詠坂は咳払いをした。

「電気人間はいます」

さっきより長い沈黙が続いた。

「もしもーし。聞こえてますかー」

「自信はないな。電気人間はいるって聞こえたぜ」

「だからそれが俺の結論です。……いいですか？　三人の死は関連してる。電気人間が殺したって噂がある。繰り返しますがこれが解答の前提条件です。遡って言えば、俺は殺人の動機を説明するためにこの条件を掲げたんです。けれど、そこから導かれた答は柵馬さんにより、あえなく却下されました」

「俺のせいにすんな。吟味以前の代物だったろうがよ」

「それでも考えられる動機はなくなったんです。殺害動機はないのに屍体がある。ここで自殺や事故、病死の可能性に飛びついてしまえば警察と一緒だ。矜持《きょうじ》と仕事の両面からそんな結論には頷けない。でしょう？」

「まぁな」

地下壕を探索し、それらしい雰囲気から物語をでっち上げること。それが柵馬の仕事だった。間違ってもそこに理性的な解釈を加え、幻想を駆逐することなどではない。

「となると、もう電気人間はマジでいるわけです」

「言ってることアホだぞ」

「やってることがアホじゃないってんですか？　それに電気人間がやったと考えれば、色々都合がいいんです。人の皮膚に痕跡を残さない程度に電圧を調整するのも電気人間だったらお手のものだろうし、さっき柵馬さんが説明してくれた大学教授の話、電気人間は人を殺すものなので動機を問う必要はないってやつ。あれが便利です」

「確かに言ったけど、それは電気人間が否定されにくい構造を持つことの説明であって、電気人間が実在すると便利だから信じようぜって言ってるわけじゃないんだよ」

それくらい判るだろと柵馬は問い、判りますと詠坂は認めた。

「判りますけどね。それはそれとして、言葉にした理屈は平等でしょう。仮にこれが俺の小説なら、ラストは電気人間実在で落としますよ」

「お前はミステリ書きだろ！」

「綾辻行人《あやつじゆきと》の推薦文がもらえるようなね」

「知ってる。自慢そうに言うな」

「自慢したんです」

数秒の間を置き、さっきより芯を感じさせる声で詠坂は続けた。

「譲って譲って三人の死が他殺って前提は、しょうがない、呑んでもいいです。でもね、同じこと言いますけど、その真相を探るのは柵馬さんの仕事じゃないでしょう。警察の仕事でもない。強いて言えば素人探偵の仕事だ。仕事と言いましたけど、金銭的な報酬が発生しなくて構わない暇人がやるもん。死語で言やぁ高等遊民のワザです。俺もかなりのバカですけど、そこまで生活にゆとりはねえし、気力もないっすよ。柵馬さんもそうでしょ。何むきになってるんです。流川さんの企画だからですか」

「それがでかい」

「だったらなおのこと、真相がどうこうより、記事の面白さ優先して書き飛ばすのが筋でしょう。じゃなきゃあの人の躰張った芸には遠く及びませんよ」

もうあれだと詠坂は続けた。なんだったら俺が電気人間やってもいいですよ、と。

「乗りかかった船ですし。蓄光塗料塗りたくった雨合羽を着て――」

「いや、それだと流川さんのデッドコピーになる」

「あぁそうか。こないだの一件であの人、魔法使いのコスプレしたまま逮捕されたんですよね。俺が化けたくらいじゃ勝てない。それこそ、人を殺すくらいのことやらないと。でも、人殺しを話の種にはしても、話の種に人殺すってのはさすがにどうも」

「誰もそこまで求めてねえよ」

「でも電気人間がいる方向で書かないと面白くないってのは本気ですよ」

柵馬は頷いた。言われていることは判るのだ。けれどとも思う。

「それでも、俺は納得いくまでこの三人殺しを調べるつもりさ」

「聞き分けがないなぁ」

「詠坂、お前いつだったか嘘を吐くのが本業だっつったよな」

「そいつも嘘ってパラドクスに逃げていいですか」

「何もなく想像だけで商品になるような嘘ってのもなかなか吐けないだろ。嘘は嘘でも、適当に喋った嘘と、真実を知った上で吐く嘘じゃ重みが違うもんだ。書き手の自負だって変わってくる。だから取材をするんじゃないかよ」

ふぅ、と詠坂のため息が聞こえた。

「いちおう言っておきますけど、真実を知ることで想像力が妨《さまた》げられるのを嫌がって取材をしない人もいますからね。最終的には人それぞれです」

「お前はどっちだよ」

「新書二、三冊は読みますよ」

「俺は足で稼ぐ。この電話、どこからかけてると思う？」

「自宅からじゃないんですか」

まさかと詠坂は呟く。不敵に柵馬は笑いつつ、部屋を眺めた。間接照明が薄暗い世界を作っている、ホテルのシングルルームだ。

「赤鳥美晴が死んだ部屋。空いてたんで借りた」

「……死なないで下さいよ」

「心配してくれるのか」

「もちろんですよ。この電話を最後に柵馬さんが死ねば、警察の連中、俺を疑いますから」

「死ぬ時は壁にお前の名前を書いといてやるよ」

柵馬は通話を切った。電池残量が残り少なかったので携帯を充電器に繋ぎ、もう一度室内を眺め、資料を手にその内容を復習し始める。

発見時、部屋のドアにも窓にも鍵はかかっており、赤鳥美晴は洗面所の床に全裸で倒れていた。死亡推定時刻は発見された日の前夜。外傷はなく、検死のみで死因は心不全と結論付けられている。部屋の鍵は部屋にあり、スペアキーはフロントで保管されていた。また防犯カメラなどにも怪しげな人影は映っていなかったという。

——もし俺が犯人だとしたら、乗り込む時にフロントの前を通らなくてはならない上、誰かと鉢合わせの可能性があるエレベータは使いたくない。

——となると窓か非常階段が経路として考えられる。

非常階段は建物の外壁に設置されていて、そのドアは内側からしか開けられない構造になっていた。部屋の窓の錠も、屍体発見時には締められていたという。

——それでも内側から開ける者がいれば侵入はできる。いったん侵入すれば、窓の錠は締められるし、非常階段から逃げることもできるだろう。

「つまり、赤鳥美晴が協力すればできる」

柵馬は呟きつつ、いまいちぱっとしないと思う。詠坂の言うとおり、そんな物語は面白くないのだ。真実だとしても、仕事にはならない。

——本当に電気人間がいてくれたらな。

そう思った時だ。

騒がしい音が聞こえた。

振り返ると、ベッド脇にあるテレビが点いている。映っているのはドラマのようだ。見映えが良く大根演技のタレントが集団で怒鳴り合っていた。

舌打ちをしてリモコンを取り上げたところで、柵馬は気付いた。役者が何を言っているのか判らないことに。音声が見知らぬ国の言葉のようだ。

彼は電源ボタンを押した。だがテレビは消えない。二度、三度と繰り返してもテレビは点いたままだった。リモコンを裏返して電池ケースの蓋を開く。

電池を掌に取り出したところで、唐突にテレビは消えた。

額を掻き、柵馬は電池を戻してもう一度電源ボタンを押してみる。

テレビは点いた。今度は音声も正常だった。

その当たり前さが、かえって彼の恐怖を煽った。

——電気人間。

「いるのか？」

応える声は柵馬の耳に届かない。

枕元の受話器を取り上げフロントに事情を説明すると、まず謝罪の言葉が返ってきた。どこか慣れたふうな応対だった。

「テレビ本体を新調しても変わらないのです。専門家の方が言うには、電圧は安定しているので、恐らく環境の電磁波のせいだろうと。私《わたくし》どもも困っているのですが、なにぶんいつも起こることではなく、お客様の身に危害が及ぶような不都合でもございませんので、お手数ですが、一度電源を落としていただければまた正常にご覧になれるかと——」

「この部屋にだけ出る症状じゃないんですか」

「はい。ほかの部屋にも同じく」

柵馬は受話器を置いた。シャワーを浴びようと服を脱いだが、全裸で死んだという赤鳥美晴のことが浮かび、そのままベッドに倒れ込んでしまう。

ふと詠坂の言葉を思い出した。

——電気人間はいる。

調べて何が明らかになるにせよ、記事上で電気人間の実在を否定するわけにはいかない。真実を知った上での嘘には重みがあるという言葉は本音でもあったが、読者が唸るほど差が出ると信じているわけでもなかった。

——だから、電気人間はいてもいい。いや、いてくれたほうがいい。けれど——

電気人間が人を殺す動機は設定されていないと教授は語った。怪談の構造を守るためそうなっているのだろうと。柵馬もその説明に頷いた。

「けれどやっぱり、動機はなくても理由は要る」

――電気人間は噂をすれば現れる。どこで誰が語っていようと、何人同時に語ろうとも出るものなんだろう。きっと語った人間の数だけ増えるのだ。

――もちろん主観の世界とは見ている本人にとって唯一のもの。だから電気人間が同時に複数の場所に存在するという仮定自体、主観の世界では意味を成さない。見る人間にとって、ほかの世界は存在しないからだ。

――それでも、客観的に捉えた時の電気人間までひとりになる必要はない。

――また、すべての電気人間が人を殺すわけでもない。

――流川さんは電気人間という言葉を使わなかった。語らないことがルールならそれは守るべきだとも言った。語らなかったから自分は生きていると言わんばかりに。

――けれど、俺が知る範囲でも、編集長も詠坂も、それに俺だって電気人間を語っている。なのに殺されてはいない。

「殺すか殺さないかを分ける条件でもあるのか？」

仰向《あおむ》けで呟きながら、柵馬は瞼を重たく感じた。久しぶりに歩いたから疲れたんだなと思う。シャワーを浴びたい気持ちも消えていた。ただ、何かを掴みかけているという予感があった。それに引っ張られ、彼は思考を辿り続けた。

――殺す動機が要らなくても、死んでしまう理由は要る。赤鳥美晴、竹峰英作、日積亨、その三人が本当に電気人間に殺されたのだとしたら、きっと殺される条件を満たしてしまったからなんだろう。

――それを見つけだしてこそ仕事になる。

柵馬は力なく笑い、ふと思い至った。赤鳥の担当教授が、電気人間がいないことを前提とした話しかしなかったことに。当然でもあった。あの時は柵馬自身が、自分は電気人間の存在を信じていないと言ったのだから。

――もし存在を信じていると言ったら、こんな論理が展開されたんだろうか。

――電気人間は実在する。この路線で考えたらどうなるか。

――調べるべきは現場の状況じゃない。それは警察がやって、事件性なしと判断している。同じことをやったところで警察よりうまくはできない。違う結論が欲しければ違うことをしないといけない。違うところを見なくてはいけない。

――赤鳥美晴。竹峰英作。日積亨。その三人が何をしたかを調べるべきだ。その先にきっと電気人間はいる。本物か、姿を借りているだけの偽物かは判らないが……

いつしか柵馬は眠りに落ちていた。

20

「電気人間について何か御存知でしたら話をお聞かせ願いたいのですが」

柵馬は赤ら顔の壮年男性に自己紹介をしたあと、そう尋ねた。

竹峰老人が住んでいた、黄楊の生垣に囲まれた平屋の玄関である。

ホテルを出たあと、日積のメモ帳にあった住所を探し、見つけたのが昼前。呼び鈴を押して出てきたのは六十代と思しき男性だった。ベージュの股引《ももひき》にシャツという格好で、ドアを開けた途端にアルコールが臭った。焼酎だなと柵馬は思う。

「知らんなぁ。——なに、雑誌社の人？」

「ライターです。記事を書くのが仕事というわけでして」

「ふうん。儲かんの？」

「いえ全然」

「あそう。まー楽な仕事ってそうはないわな」

「失礼ですが、竹峰英作さんのご子息で？」

「弟だよ！　……まぁ、兄貴とは歳がだいぶ離れてっからな」

頭を下げつつ、さりげない手付きで柵馬は懐から封筒を取り出した。相手の視線が動くのを眼の端で捉えつつ喋りを続ける。

「このあたりで噂されている電気人間という怪異について調べているんです」

「なんでウチに来たわけよ？」

「荒唐無稽な話なんですが、こちらの竹峰英作さんが亡くなられたのが電気人間のせいだという噂があるんです。些少《さしょう》ながら謝礼も用意させていただいたので」

入んなと言われ、柵馬は敷居を跨いだ。

くすんだ板張り廊下を進んだ先が居間になっている。低い天井と枯れた空気、新品なのは朝刊だけという風景だ。点けっぱなしのテレビはワイドショウを映しており、炬燵にはキュウリと味噌を盛った皿が出ていた。つまみなのだろう。焼酎のペットボトルが床に置いてあった。茶を淹《い》れながら竹峰の弟は言う。

「兄貴は風呂場で死んだん。九十ちけぇ年寄りでよ。冬場の風呂は危ねっつってんのに、いつもあっつい風呂に肩まで浸かってたって義姉《ねえ》さん言ってたわ」

「なるほど。いえ、自分も本当にお兄さんが亡くなられたのが電気人間のせいと考えているわけではないんです。この噂は小学生のあいだで語られているものですしね」

「小学生……名坂小かい」

「はい。そちらにも取材に行く予定なんですが、お兄さんはそこで働かれていたとか。ここで同居されてたんですか？」

「そんなわきゃないわ。人ん顔見たら仕事せー仕事せーうるさいもん、一緒にはいられねって。……葬式ん時に義姉さんがな、自分ひとりじゃ広すぎるもん、良かったらここ住んでくれんかー言うかん、そりゃ俺も借家よかいい思って来るわな。したら義姉さんは養老ホームに入りやがるん。売れるような家じゃなし、潰すには惜しいって頭だべよ。なんのこたない、住み込みの管理人みたいなもんだわ」

まぁ文句言えた義理ではないんだけどよと彼は付け加える。放っておけば延々愚痴を聞かされそうで、柵馬は手早く話を続けた。

「よろしければ、お風呂場のほうを見せてはいただけませんか。それと写真を。誌面には使わないとお約束いたしますので」

「別に使ってもかまわねよ。そん向こうだわ」

案内された浴室は、懐かしさが漂う水色のタイル張りだった。バスタブだけあとから変えたらしく、やや洗練されたデザインになっている。

老人がひとり死んだと聞いても、それらしい雰囲気は感じられない。

柵馬はデジカメで方々を撮影し始めた。半分以上、取材らしさの演出だった。高いところにある窓は換気用で小さく、人の出入りには使えそうもない。引き戸に錠も付いていなかった。どこもかしこもごく普通の作りだ。

撮影を続けながら柵馬は尋ねた。

「亡くなる前、お兄さんに変わった様子はありませんでしたか」

「さあ。そもそもろくに会ってなかったけんな。そいでもまー、変わったことなんてありゃしなかったべよ。毎日あんサエズリに入っちゃあ落ち葉集めたり、枝払ったり、そんなんしてただけだろし」

「サエズリというのは――」

「名坂小の裏の林、ありゃ囀《さえず》り林《ばやし》ってのよ。サエズリって俺ら呼んでてな」

「思い入れがあったんでしょうか。その林に」

「あったっちゃあったべな。俺らはガキんころからこのあたりだかんよ。俺なんかはよくあっこでセミやらトンボ取ったりなんだりしてたわ」

そこでふと彼は黙ると、そうそうと頷いて続けた。

「確か兄貴は戦争ん時、あっこで働いてたんだけ」

「え？　その林で、ですか？」

「崖んなったとこに穴があんべ。あれ掘ったんが兄貴たちだーいう話だわ。俺が見たわけじゃねぇよ？　戦争ん時の話だ。俺そん時まだ生まれてねったし。死んだ親父が言っててな。兄貴は戦争ん時の話はしたがらねったから」

——地下壕を掘ったのが竹峰英作？　戦時中、そこで働いていた？

胸の高鳴りを押さえ、とんとんと柵馬は額を小突く。繋ぐ話は浮かばない。高校生の時に暗記した歴史年表を思い出しながら言葉を続けた。

「お兄さんは、戦時中、二十歳をもう超えていたはずですよね。それなのに戦争へは行かなかったんですか」

「軍勤めの研究者だったいう話だべな。あっこでなんか研究してたらしいよ。それもあんじゃねぇのかな、兄貴があっこにしがみついてたんは」

旧軍の研究者。電気で人を殺す兵器という日積の仮説を柵馬は思い出す。

——まさか、本当に？

「地下壕を守っていたと？」

「守ってたってほどでもねっと思うけどな。俺がガキのころには肝試しに使ったこともあったくれえだから」

「誰も入れないようにしていたわけじゃないんですね」

流川がまとめた資料には、赤鳥美晴は地下壕の鍵を竹峰老人から借りたのではないかという推測が書かれていた。赤鳥は地下壕に足を踏み入れていて、その時撮影したらしい壕内の画像も遺品にはある。そこに、特におかしなものは映っていなかった。

いやそういえばと柵馬は思い出す。ひとつあった。埃っぽさと暗さが伝わる扉の画像と、赤鳥がテキストに残した『開かずの扉』という記述だ。

「地下壕には開かずの扉があるらしいんですが、何か知りませんか」

「さぁなぁ。そんななぁ聞いたことねっけんが。ただ、昔からあん林にはろくでもねー噂ばっかあったかんな」

「噂というと」

「ガキどもん戯《ざ》れ言《ごと》の類《たぐい》だわ。人が埋まってってだの。幽霊が出るだの。何回か火事も起きてんだけどよ、消防も入りづれえ場所なのに、不思議と丸焼けにならんで収まっちまったりすんのよ。確かにあっこにはなんかがいんのかもな」

らしい感じではあっからよと付け加え、竹峰の弟はしっしっしと笑う。

――実際に見てみるのが早いか。

柵馬はそう思い、謝礼を渡して竹峰家を辞した。

『電気人間という呼び名は、肉体性の薄い怪異に人間性を与えようとした結果であるとも取れる。そこに、この怪異の特殊性が現れているのかもしれない――』

長い階段を上りきったところで柵馬はｉＰｏｄを止めた。

21

日積亭の所持品である。聞いていた内容は、赤鳥美晴が死ぬ直前まで書いていたテキストを、日積自身が読み上げて録音したものだった。内容よりその声音の真剣さに触れたくて、彼は漢字の読み間違いが頻出《ひんしゅつ》するそれを再生していた。

躰を許してくれる異性が死んだ。そのぶんの取り乱しは差し引いても、淡々とした喋りに潜む熱と暴走する無知と際限ない真剣味は、柵馬には親しみやすいものでもあった。昨日喋っていたことと今日喋っていたことが違うと指摘されても逆ギレで乗り切れるタイプの人間だったんだろうと想像もできる。

見立てには自信があった。彼自身、高校生のころはそうだったからだ。

――でも、そんなやつが殺されるか？

柵馬は怪しく思う。自意識過剰は多く排他的な性格として表れる。他人から恨まれるほど深い付き合いができていたとも思えない。

考えながら歩くうち、小学校の校門が見えてきた。

市立名坂小学校。かつて赤鳥美晴が通い、今も電気人間が七不思議として語られているという場所だ。柵馬の眼には、とりたてて特徴もない宅地の中の小学校と映った。噂の発信地なら電気人間の被害者はここがいちばん多くなるはずだが、そんな話はなく、流川の資料にも大した記述はなかった。

——それとも、小学生は電気人間に殺される条件を満たさないものなんだろうか。

グラウンドでは数人の小学生がサッカーボールを蹴っている。すでに放課後なのだ。柵馬は校門を通りすぎ、裏手にあるという林へ向かった。

途中でアスファルト舗装が途切れ、土が踏み固められただけの小道が続く。林に足を踏み入れると、途端に子供たちのかけ声が遠ざかった。風が吹き、枝葉のこすれる音ばかりが世界に満ちる。ぷんと青い臭いも鼻を衝いた。七月だが、空は薄曇りで涼しいほどだ。セミの鳴き声はまだなく、夏を感じさせるものもない。

しばらく進んだところで視線を感じ、柵馬は立ち止まった。

あたりを見ても誰もいない。

昨夜からどうも思春期並みの自意識過剰になっているなと柵馬は思う。

——電気人間が恐いのか。

苦笑し、俯いて頭を掻く。そうして視線を上げ、凍り付いた。

正面の茂みに少年がいたのだ。

黄色い学帽を被り、縞《しま》模様のポロシャツにジーンズという格好をしている。名札はない。

睨みつけるように細めた眼が印象的だった。

少年は視線が合っても動かなかった。そのせいで声をかけづらい。ふと柵馬は、少年が自分ではなく、自分の背後を見ていることに気付いた。

振り向いたが、何も見えない。

見えないことが恐怖だった。おっかなびっくり顔を戻したが、少年は変わらずそこにいる。

迷いつつ、柵馬は声をかけることにした。

「やあ」

少年はちょっとだけ顎を上げた。そして口を開く。

「調べてんだろ」

「え？」

「何かを調べるためにここに来たんだろ」

ああそうかと柵馬は思う。

――今年に入ってから赤鳥美晴、日積亨、それにきっと流川さんもここを訪れている。その全員が同じ目的だったのだ。それを知ってるということは――

「韮澤秀斗か」

少年は黙ったまま否定もしない。柵馬は頷いて名乗った。

「僕は柵馬朋康。フリーのライターで、察しのとおりに電気人間のことを調べてる者だ」

「信じてんのかよ」

「えっ？」

「い、い、いそのこと、信じてんの？」

唐突な問いだが、口調にふざけた気配はない。眼も真剣そのものだった。だから柵馬も真顔で、さあどうかなと答えた。

「それを決めるため調べてるようなとこもある」

「――殺されるぞ」

「……なんだって」

「信じないと殺されるっての。多分」

柵馬は曖昧に頷いた。死んだ人間と面識があれば、そう考えるのも当然かと思う。

「ここに少し前、やたら丁寧に喋るおじさんが来なかったか」

「……流川のおっさんか」

「やっぱり来たんだな。あの人は、電気人間を信じてるようだったか」

「信じてた。ひょっとしたらオレより」

そうだろうなと柵馬は思う。電話でも、電気人間とは決して口にしなかったしなと。

「僕は、あの人のあとを継いで電気人間を調べてるんだ」

「……おっさん、死んだの」

「いや生きてる」

こくんと菲澤は頷いた。ほっとしたらしい。そうしてから、なんでだよと問う。

「なんでみんなそいつのことを調べてんだ」

「……興味があるからだろうな」

「殺されても？」

誰も自分が殺されるわけないと信じてるんだと言いかけ、柵馬はためらった。

「……殺されるのは嫌さ。電気人間は恐い。恐いからこそ調べるんだよ。恐いのは正体不明だからだ。正体が判れば恐くなくなるだろ」

「それが違《ちが》かったら？」

問いの意味が判らず柵馬は言葉を継げない。少年は重ねて尋ねた。

「知ったら知っただけ恐くなる場合もあるだろ。もしそれが、出くわしたら最後、逃げられないものだって判ったら？　したらもっと恐くなんねーのかよ」

鬼気迫る物言いだった。柵馬はたじろぎ、そうかと辛うじて思う。

——こいつは腐乱屍体を地下壕で発見している。死について敏感なんだ。

生まれてきた以上、死ぬことは不可避である。不老不死を求める物語は、だからすべて愚行の記録になってしまう。人は死を殺すことができない。肉体的な死を免れたところで、精神的な死は免れない。それは誰にとっても恐怖なのだ。

柵馬もだから普段は死ぬことを忘れている。

それが、悟りを開いて恐怖を克服することもできず、失敗の歴史を踏まえてなお不老不死に挑む情熱もない者の現実だ。柵馬が死を意識するのは、風邪をひいて部屋にひとり寝込み、ポンジュースだけで生きている時くらいしかない。そんな時は、宇宙の創世からアイスノンの溶け具合まで一緒くたに考えることができる。

「調べて立ち向かえないことが判ったら、その時はその時だ。忘れるよ」

「忘れることができるんなら、最初から調べなくたっていいだろ」

「そうできないのが人情ってやつだ」

「……死んでんだぞ。人が」

「そうみたいだな。電気人間は本当にいるのかもしれない」

「いるんだよ。いるんだって思えよ。じゃないと本当に死ぬ、殺されるぞ！」

「お前、何か知ってるのか？」

殺されるという言葉が気になり尋ねたが、少年は睨みを寄越すばかりで答えない。柵馬は質問を変えることにした。

「一緒に日積亭の屍体を見つけた子がいたろう。確か剣崎とかいう。彼女は元気か」

「……元気だろきっと」

柵馬は頷き、石をひとつ投げてみることにした。

「カラーズって言うんだよな。二人の活動」

「剣崎が勝手に付けたんだ。オレには関係ない」

「そうか。それならどうしてお前はここにいるんだ」

「いちゃいけないのかよ」

「いちおう、ここに来るまで色々な人から話を聞いてきたんだよ。亡くなった三人はこの林を訪れている。来てみればお前がいて、電気人間のことを調べるのはなぜだと尋ねてくる。まるで調べて欲しくないと言わんばかりに。僕が何を考えるか、判るだろう？」

韮澤は唇を噛んで何も言わない。柵馬はさらに続けた。

「お前は電気人間を調べると殺されるという。その割にこんなところにいる。電気人間と関わりがありそうなこの林に」

「別にオレはそいつのことを調べてるわけじゃねーよ」

「じゃあどうしてここにいる？　僕を待ち構えてたというのはないとしても、ほかに何か理由があるんだろう」

「…………」

「剣崎って子が関わってるのか」

「違う。あいつは関係ない。普通の人だ」

「そうかい。お前は普通じゃないってわけか」

答を柵馬は期待しなかった。だが、韮澤はそうだよと小さく呟いた。

「きっとオレは普通じゃない」

「どんなふうに？」

韮澤は答えない。柵馬もこだわらなかった。

「まあいいさ。言いたくなければそれで。僕が調べるのを邪魔する気はないんだろ」

「邪魔したってしなくたって同じだ。……地下壕が見たいんだろ」

来いよというふうに顎をしゃくり、韮澤は茂みの中を歩き出した。柵馬はそのあとに付いていく。学帽を被る小学生の背中はあまりに無防備だった。

——罠ってことはないよな。

柵馬は苦笑する。電気人間より、会ったばかりの少年を恐く思っている自分がおかしかった。形があって眼に見えるもののほうが恐がりやすいわけかと思う。

やがて崖が見えてきた。地下壕の入口らしき穴は、盛大に繁茂する丈の高い草に隠れかけていた。柵馬は草を搔き分け近付いてみる。錠で鎖《とざ》された格子扉の向こうから、湿った土の匂いが漂い出していた。

「やっぱり閉まってるよな」

そう呟くと、韮澤は判っているというふうに言った。入りたいんだろと。

「まあ、入れるなら」

少年はズボンのポケットから一本の鍵を取り出すと、彼の脇を抜けて格子扉の錠に差し込み、そこを解錠してみせた。

柵馬は呆然とし、急いで資料の記述を思い出す。地下壕の入口の鍵は、日積の屍体を見つけた時は開いていたという。しかしその情報を警察に伝えたのは——

「……そうか。韮澤お前、警察に嘘を吐いたんだな」

「バカ正直に鍵を持ってるなんて言ったら取り上げられるだろ」

「元から持ってたのか」

「これは竹峰の爺さんが持ってたやつだよ。盗んだんだ」

眼の高さに掲げた鍵のホルダーには、『牢』とマジック書きがある。

「蛆と蠅が集《たか》る腐乱屍体を見ておきながら、よくそんなことができるな」

「死んだ人間が恐いのかよ。おばけのことを調べてるくせに」

「……ちょっと待て。だったらこの格子扉、お前が日積の屍体を見つけた時には」

「閉まってたよ。この鍵で開けたんだ」

思わず柵馬は空を仰いだ。入らないのかと韮澤は怒ったように問う。

「明かりになるものを持ってないんだ」

「なんだそれ。やる気ないなら来んじゃねーよ」

「……今度はちゃんと用意してくるから、その時にまた頼む」

ところでと柵馬は話題を変え、流川さんは中を見たのかと訊いた。

「見てない。せっかくオレが鍵はあるって言ったのに」

「変だな。こういう面白そうなことには考えも挟まず頭を突っ込むはずなのに。……地下壕に入らない理由、何か言ってたか？」

「普通に、恐いからだって」

「恐い？　……そういえばさっき、流川さんは電気人間を信じてたって言ったよな。それって本人がそう言ったのか？」

「普通に、言わなくたって見れば判るだろ」

「じゃあ僕はどう見える？」

「信じてないけど、信じたいと思ってる。そんな感じに見える」

柵馬は唇を歪めた。大体合っていると思う。

「じゃあ韮澤はどうなんだ。電気人間を信じてるのか、信じてないのか」

「どっちでもねーよ。オレには信じるとか信じないとか関係ねーから」

「関係ない？」

「信じるとか信じないとかいうのと、それがいるいないは関係ないだろ」

関係あるだろと柵馬は思い、待てよと思い直す。

——怪異が主観的なものだって理屈が判らないのか。電気人間もツチノコも一緒の箱に入れて、あるものはある、ないものはないと思っているのかもしれない。

「まぁ、電気人間にしてみたらいい迷惑だよな」

韮澤は醒めた眼で何も応えなかった。それでと柵馬は続けた。

「この中はどうなってるんだ？　おかしなものとかあったりするのか」

「道がずっと続いてて、横に部屋が並んでるだけ。別に何もねーよ」

「開かずの扉があったんじゃないのか」

「なんだそれ。聞いたことねーし」

「まっすぐ行った突き当たりに扉があっただろ。それが開かずの扉だ」

「……突き当たりは何もねー部屋だった」

――何もない部屋？

「なんで、扉が開かないのに何もないって判るんだ？」

「開いてたし。その奥にもう扉なんてなかったから」

「……なかった？」

「屍体を見つけた時、剣崎は気絶したんだよ。で、オレが背負って外まで出したんだ。大変だったけど、そのあとのがもっと大変だった。学校で警察呼んでもらって、でも説明できるのオレしかいないだろ。だから警察の人と一緒にまた中に入った。――屍体は、突き当たりの扉を開けたところにあったんだ」

――開かずの扉は、日積が死んだ時には開いていたのか？　開、か、ず、それが単に、合う鍵がないという意味なら――

柵馬は荷物を探り、日積の所持品を収めたクリアケースから黒い鍵を取り出した。

「格子扉の鍵を見せてくれ」

韮澤から受け取った鍵と黒い鍵を見比べてみる。重ねて比べるまでもなく、両者は違うものだった。黒い鍵のほうが錆が少ないが、ずっと古びている。

今の今まで、柵馬はこの黒い鍵こそ地下壕入口の格子扉を開けるものだと思っていた。これを使って日積は地下壕に侵入したのだと。けれどそれなら警察が手放すはずはない。地下壕を管理する筋に渡すだろう。柵馬は黒い鍵をしげしげと眺めた。

——屍体発見時に開いていた以上、開かずの扉を警察は認識していない。だからこの鍵は日積の私物だと考えられて遺族に渡された。つまりきっと、これこそが開かずの扉の鍵なんだろう。これを使い、日積が扉を開けたんだ。その向こうで何を見たのか。

——それとも、遭《あ》ったのか。

「本当に、突き当たりには何もなかったんだな？」

「信じねーなら警察に聞けよ」

ふてくされた顔で言われ、柵馬は思考を続けた。

——扉の向こうに何かがあり、それを見つけたせいで日積は殺されたとしよう。犯人は屍体をその場に置き去りにして、発見を遅らせるため入口の格子扉を施錠した。

――けれどそれなら、屍体を開かずの扉の向こうに移動させ、もう一度開かずの扉を閉めておいたほうが、より発見を遅らせられたはず。

――そこまでする必要はないと考えたのか。

――それとも、屍体を動かすことができなかったのか。

韮澤、と柵馬は少年の名を呼んだ。

「殺されるってさっき言ったよな。一体誰に殺されるんだ」

「あんたが調べてるものにだよ」

「電気人間か？　そんなものはいないだろ」

韮澤は振り返った。柵馬は睨まれるかと思ったが、少年は何かを悔いるみたいに唇を嚙みしめている。しばらくして口を開いた。

「雑誌に書くために調べてるんだろ。流川のおっさんが言ってたぞ」

「そうさ。だからって電気人間を信じなきゃいけないなんてことはないけどな」

嘘を吐くのが仕事だと言いそうになり、これは詠坂の台詞だと思い留まる。すると韮澤は重ねて言った。でも書くんだろうと。

「もちろん書く。記事に登場させて欲しいのか」

「雑誌に書くなら、少しは有名になるよな」

何をと柵馬が尋ねると、あんたが調べてるものがだよと韮澤は言う。

少年も流川と同様、電気人間という名前を口にしようとはしない。それが気に障り、柵馬はあえて雑に言った。

「電気人間のことは、少しは知られるようになるかもな。あんまり部数は出てない雑誌だし、そもそもゲーム誌だから期待はできないけど」

「ならいい」

電気人間を有名にしたいみたいだなと柵馬は思い、ふと昨夜の詠坂の推理を思い出した。犯人は電気人間が実在すると思わせるために殺しているのではないか。

韮澤の行動はまさにそれだ。そうだ、と思う。

——格子扉を開けて日積の屍体を発見したということは、それ以前にも地下壕に忍び込めたということだ。つまり韮澤も容疑者のひとりになる。電気で人を殺すというのは力の要らない殺し方だ。大きな音を立てずに済む。返り血もない。子供にだって……いや、子供にこそうってつけかもしれない。

いったんそう考えれば、何もかもが関連付けられそうに思えてくる。

名坂小学校で電気人間が語られているということさえも。

思考に溺れそうになりながら柵馬は頷き続けた。

——もしも電気人間を有名にしたいのなら、そういう殺され方をした屍体、噂に沿った屍体を作ればいい。さっき俺が懐中電灯を持ってないと言ったら、韮澤はやる気を出せよと怒った。けれど本当は別の理由があったのかもしれない。誘われるまま俺が入ったら、そのまま殺す気だったんじゃないのか。そのあとで屍体を放置し、また都合のいい時に自分で見つけ、電気人間の噂を増やすのだとしたら。

さわさわと木々が鳴った。風が出てきたのだ。

気付けば薄暗い。誰の気配も感じない。

世界に数人しかいない気分だった。

——今なら殺されても判らない。

——殺しても判らない。

だが胸に殺意は芽生えない。笑いも降りては来なかった。あるのは消し損ねた恐怖だけだ。その根がどこにあるか柵馬は考えた。発見された屍体にあるわけではない。地下壕にあるわけでもない。目の前の小学生にあるわけでもない。

物語だと柵馬は思い至る。

——三人の死と噂。そこに見てしまう物語が恐いんだ。

——電気人間の恐怖だ。

冗談にしそびれた疑念とともに、彼は立ち竦《すく》んだ。

韮澤の眼がふたたび柵馬の背後を見やった。そうして細められる。まるで彼の背後に何かがいるかのように。今度は騙されないぞと思う。

――さっきみたいに振り向けば、今度こそこいつは俺を殺すかもしれない。

殺される前に殺す覚悟などない。

だから柵馬は二歩、少年を見たままあとずさった。

韮澤は彼の背後を見たままだった。

――俺の後ろには誰もいない。いるはずがない。

さらに二歩、柵馬は少年から距離を取った。もうあと二歩だけ離れようと思う。

――そうしたら振り返って逃げるんだ。

柵馬の耳に音が聞こえた。

風が吹く中、誰かが草を踏み分けて近付いてくる跫音のようだ。

幻聴だと自分に言い聞かせる。恐怖が聞かせているだけだと。

しかし跫音はやまない。どころか徐々に近付いてくる。

そして柵馬の真後ろで聞こえなくなった。

何者かの息づかいが聞こえた。

落ち着いたリズムだ。幻聴だとはもう思い込めない。

風の音がやみ、気配が動いた。

肩を何者かに摑まれる。

柵馬は勢いよく振り返った。

「――――」

フードを被った男が立っていた。

黄色い液体をぶちまけたような模様が浮いた、奇妙に光沢ある衣服に身を包んでいる。

しばらくのあいだ、柵馬はそれがレインコートだと気付けなかった。黄色い液体が蓄光塗料であることにも。

男はフードを取り払った。

かけた眼鏡と、その向こうにある暗く不機嫌な目つきが露わになる。

一瞬前とは違う意味合いで柵馬は息を飲み、尋ねた。

「何してんだよ」

「それ、手伝いに来たやつに言う台詞かよー」

詠坂雄二はそう言って、あきれ顔をしてみせた。

22

「電気人間じゃないですか」

その格好はなんだという問いに、詠坂は当然という顔でそう答えた。聞いた柵馬は、脱力を通り越して笑ってしまう。

「笑いごとじゃありませんよ。蓄光塗料って、滅茶苦茶高いんですからね」

「経費で落とせってのか、そのしょぼい格好の制作費を」

「これくらいチープな作りのほうが映えますって」

「シリアス路線で書こうと思ってるんだ。頭の悪い写真は要らないって断ったろ。お前だって言ったじゃないか。そういうやり方じゃ流川さんに勝てないって」

「負ける気で戦えば負けても傷付かずに済みますよ」

「そういうことを真顔で言うな」

しょうがねーなー作り損かよと呟きながら詠坂はレインコートを脱ぎ始めた。まるめたそれを手に踵《きびす》を返し去りゆこうとするのを見て、慌てて柵馬は呼び止める。

「どこ行くんだよ」

「帰んですよ」

「何しに来たんだお前」

「いやだから、これ」

詠坂は手持ちのレインコートを掲げてみせる。柵馬は後頭部を掻きむしった。

「っていうか、どうしてここに俺がいるって判ったんだ」

「昨日の夜、赤鳥美晴が死んだホテルにいるって言ったじゃないですか。なのに、この林のことを話題にはしなかったでしょう。小学校のことも。っつうことは、あの時点ではまだ来てなかったことになる。翌日に回したんだろうと想像は付きますよ」

「それでわざわざ来たのか？　確認もせず？」

「思春期を携帯持たずに過ごした最後の世代じゃないですか俺らは。この程度のランデブーにアポイントメントなんて要りませんよ。まぁ、チャリ漕《こ》げば一時間くらいで来れる場所だったってのも理由ですが」

それって結構距離あるんじゃないのかと、サドルに跨がらなくなって久しい柵馬は思う。

「とにかくここらの地図が頭入ってるんだな。案外、お前が犯人なんじゃないのか」

「めったなこと言わないで下さいよ。それいつかやろうと思ってるんですから」

詠坂はそう言うと柵馬の肩越しに韮澤を見て、軽く頭を下げた。

「どうも初めまして、詠坂と言います。……柵馬さん、こちらは」

「なんで小学生に敬語なんだ。日積亭の屍体を見つけたっていう韮澤秀斗だよ。アンファンテリブルだ」

「アンファンテリブル！　すげえ！　あれか、ガキの分際で煙草吸ったり、ネル・ドリップでコーヒー淹れたりするわけか！」

言われた韮澤は不審そうな眼で応える。

「何言ってっかわかんねーし」

「あぁそう。やっぱいねえもんだな」

「あんたも柵馬さんと一緒？　電気人間を調べてんの」

「そんなことしねぇよ。したりすることもあるけど」

こいつは小説家だと柵馬は横から説明した。詠坂はそのとおりだと頷いて続けた。

「小説なんて読むようになっちゃうなよ。字を識《し》るは憂患《ゆうかん》の始まりっつって、いいことなんて一個もないから」

韮澤は応えなかった。自虐はそれくらいにして付き合えと柵馬は言う。

「そしたらその衣装の制作費、半額くらいは出してやるぜ」

「判りましたよ。どうせ暇だし。で、どうよ韮澤」

「は？　オレ？」

「いや、調べることってまだ残ってるもんか」

「なんでオレに訊くわけ」

「ここらへんのこと詳しいんだろ。それにお前くらいの歳だと、俺らとは違う時間と世界を生きてるもんだ。人が知らないような話も知ってるんじゃないか」

韮澤は瞳を逸らし、さあねと呟く。詠坂は軽く頷いて地下壕入口の格子扉を見た。

「柵馬さん、そこが例の穴蔵ですか」

「ああ。どうも旧軍の施設だったらしいぜ」

「どこ情報ですそれ」

「竹峰英作の弟。竹峰は戦時中、そこで働いてたそうだ」

「竹峰……？　二番目に死んだ爺さんでしたっけ」

「あぁ。この林の管理をしてたそうだ」

「ということは、これからここは荒れっぱなしになっちまうんですかね」

そいつは雰囲気が出そうな話だなと言い、詠坂は地下壕入口へ近付いていく。格子扉を摑んで前後に動かし、開いてるじゃやんと呟いた。

「韮澤が開けてくれたんだ」

「入ってみたんですか？」

「明かりがない。中は真っ暗なんだ」

「淡泊だなぁ。そんなんで退いちゃ駄目でしょう」

ちと待ってて下さいと言って、詠坂は来た道を戻り始めた。その背を眺めながら、あの人なんだよと韮澤が呟く。だから小説家だよと柵馬は重ねて説明した。

「小説家って、何する人？」

「小説を書くんだよ。それとも小説を知らないか」

「文字ばっかの話だろ。携帯で読んでるやつが学校にいる」

「ほぉ。活字世代だな」

「じゃああの人が書くかもしれないのか。ここの話」

詠坂が消えた方角をじっと韮澤は見ていた。その真剣な目つきに、柵馬はついさっき抱いた疑いが否定されたわけではないことを思い出す。尋ねた。

「……お前、電気人間の噂が広まって欲しいのか？」

別にと呟き、少年は俯いて下生えを蹴りつけた。瞬間、雲の隙間から陽が差して周囲が明るくなる。世界が一新されていくようだ。

その様に気を取られ、柵馬はそれ以上を追及しそびれた。

やがて戻ってきた詠坂は掌サイズのＬＥＤライトを手にしていた。自転車に付けていたものを取り外してきたらしい。明るさを確認しつつ、柵馬を振り返って言った。

「じゃあ、ちょっくら見てきますわ」

「は？　俺も行くよ。決まってるだろ」

「いや、つっても明かりはこれひとつきりだし」

「後ろからついていくだけならできるだろ」

「オレもついてくからな」

そう言う韮澤に、子供は大人しく待っていやがれと詠坂が応じる。

「それにお前、もう中に入ってんだろ」

「だからって仲間外れかよ。小説家ってのはずりーんだな」

「んだとぉ」

「喧嘩すんな！　あー、詠坂が先頭で次に俺、最後が韮澤。これで行くぞ。いいな？」

「なんでオレが最後なんだよ」

「狭いとこ入るんだ。進んでる最中に転んで踏まれたかないだろ」

——いざって時に逃げやすいのがいちばん後ろだからさ。

そうした本音を柵馬は口にしなかった。韮澤のプライドを慮《おもんぱか》った以上に、自分が恐がっていると知られたくなかったのだ。

文句を零す二人に挟まれ、柵馬は壕内へ足を踏み入れた。

階段を下りきれば、もう地上からの光はほとんど届かなくなる。足下は土が剝き出し、壁と天井はコンクリと煉瓦で固められていた。罅や崩落は無数にあったが、全体は原形を留め、確かな非日常を保っている。転がる瓦礫《がれき》を蹴って脇へ寄せつつ、時折出てくる部屋をデジカメで撮影しながら三人は進んでいった。

高ぶるものもあったが、それより大きな失望を柵馬は感じた。

寂れた観光地のようにゴミが転がっていたり落書きが残されていたりはしない。入口が封鎖されていたのだから当然だが、かといって当時の道具が残っていたりもせず、鏡にぽっかりと開いた穴を眺めているような気分にもなってしまうのだ。

——これなら、そこらの廃墟のほうが見ていて面白いな。

放棄された屋敷、工場、ショッピングモール、そうしたところに放置されたブラウン管テレビや古雑誌、今はもうない銘柄の空き缶、家具のデザイン、そうしたものから物語を想像する愉しさを柵馬は知っていた。写真を見ているだけでも愉しいが、その場で棄《す》てられたものを手に取るのはまた格別だと思っている。

かつての〈実在ダンジョン特集〉は、そうしたディテールを魅力にしていたのだ。

「電線が通ってますね」

詠坂が壁に光を当てて言う。確かに被覆もボロボロのコードが残っていた。

「作られたのは戦前か戦争初期。なんにしてもこれだけしっかりした造りです。ただの地下壕じゃない。——研究施設なんでしたっけ」

「伝聞によればな。何を研究してたかは判らないそうだ」

「まあ電気は何を研究するにしても必要。ここらは当時、まだ拓《ひら》けてなかったでしょうから、発電機を持ち込んでたんでしょう。人里離れた土地の地下に構築された秘密研究所。資料が残ってないなんて、いかにもらしいけども」

「原子爆弾でも研究してたか？」

「王道ですね。次点で化学兵器か細菌兵器。もっと外連味《けれんみ》を含むもんとなると、殺人光線、不死兵士ってとこです。記録がない以上、研究は成功しなかったんでしょうが」

「国ごとコケたわけだから当然だな」

「愚行が生むものだってありますよ。戦争が人類を進歩させるってのは聞く言説でしょう。それ踏まえた上で考えりゃ、ここで研究されてたもんは現代《いま》に繋がってないんですよきっと。失敗っつうなら、とびきりの失敗だったたってわけだ」

「とびきりのね……。けど、失敗を隠すなら入口も塞ぎそうなもんじゃないか」

「そこはそれ。不要になったからって陣地に転用できる地下壕をわざわざ潰す真似はしないでしょう。当時は本土決戦って言葉に重みがあったそうですから」

「古き良き二十世紀の地獄か」

「本当、いい時代に生まれましたよね俺ら。おかげでこんなにもバカでいられる。韮澤もそうは思わね？」

「知っかよ」

しばらく三人は黙って歩き続けた。代わり映えしない風景は細く長く続く。人生みたいだとふと柵馬は思い、思った自分の頭をひっぱたきたくなった。

先頭を行く詠坂の明かりがふと揺らめき、鋭く声が響いた。

「はい、隊列ストップ！」

「どうした」

「この先の部屋が行き止まりみたいです。つまり今俺が立ってるあたりが入口——日積亨らしき屍体が転がってたと思われる場所ですわ」

詠坂は壁に埋め込まれた扉の枠を光で照らしていた。入口から見て、扉は手前に開かれている。作りはやや雑で、地面から扉の枠が出っ張ってもいた。

「にしても狭いな。……詠坂、いったん部屋の中に進んでくれないか」

「了解。足下注意してくださいよ」

行き止まりの部屋に入ったところで、柵馬はＬＥＤライトを詠坂から受け取り、地べたを照らしてみた。それらしい痕跡はないが、水を向けると韮澤は頷いた。

「そうだよ。ここに屍体があったんだ」

「そうか。絵になるようなものがなんもないな。警察が片付けたのか」

「いちおうレインコート持ってきてるんで、着込んで一発撮っておきますか？」

詠坂が黒いビニールの塊を掲げた。蓄光塗料がうっすら光っている。幻想的な景色にはほど遠く、もちろん電気が流れているようにも見えない。

「しまっとけ」

「そう言われる予感はしてました。で、何か気になるところあります？」

柵馬は曖昧に頷いて考える。脳裏に過ぎるものがあった。赤鳥美晴が撮ったと思しき画像データ、開かずの扉を撮影した一枚だ。

柵馬は扉の表面を照らした。だがなんの表示もない。

しばらく考え、そうかと思う。入口から見て手前に開かれているので、閉まっていた時に表を向いていた面が裏になっているのだ。

「二人ともいったん出てくれ、ちょっと扉を閉めてみたい」

三人は列を並び替え、部屋の外に出た。先頭になった柵馬は扉を閉めようとしたが、地面に転がる瓦礫が引っかかってうまくいかない。力を入れると動いたが、建て付けにもガタが来ており綺麗には嵌らない。それでも目当ての表示は露わになった。

第■電■■■■■驗室

肩越しにそれを見た詠坂が感嘆の声を上げる。見えねえよと韮澤が声を張り上げた。少年のための場所を空けながら、柵馬は呟いた。

「普通に考えりゃ、この部屋の用途を示したものだろうな」

「尻から二番目の漢字、そいつは実験の験の旧字体ですね。こういうのを見ると、戦前か戦時中に構築されたって情報に信憑性を感じますけど、中には何もない。何もないのに、ここは閉まってたわけですか」

「そう聞いてる。韮澤、この扉の噂を聞いたことはないか」

「ねーよ。今さっき初めて聞いたし」

いつまで閉まってたんですかねと詠坂が呟いた。

「赤鳥美晴が来た時は閉まってたんだろう。そもそも開かずの扉ってのは、彼女のテキストが初出だ。日積の所持品にあった画像データも、彼女が撮ったもののはずさ」

「錠は開いていたけれど、女の細腕では開けられなかったって可能性はありませんか。建て付けもかなり悪かったんでしょう？」

「どうかな」

柵馬は懐から黒い鍵を取り出し、詠坂に見せた。

「なんですそれ」

「日積亭の遺品だよ。日積はこの扉が開いた状態で死んでたらしい。つまり」

柵馬は扉を再び開け、その状態で扉の錠穴に鍵を差し込んで捻った。重たい音とともにデッドボルトが飛び出すのを見て、詠坂が唸る。

「イベントアイテムっすね」

「恐らく、ここを開けてから日積は死んだんだろう。逆に言えば、日積が開けるまではちゃんと施錠されていたのさ」

「決めつけるのもどうかと思いますが、ここが開かずの扉だったってのは判りました」

三人は再び部屋に入った。ＬＥＤライトで詠坂が内部を照らして回るが、眼を惹くものはない。かつて使われていたことを示す傷や汚れのほかは、砂埃が堆積《たいせき》しているばかりなのだ。足跡も、警察が付けたと思しきものが複数あるほかは綺麗なものだった。

デジカメで方々を撮影しつつ、柵馬は言った。

「やっぱここには何かあったって考えるべきだろうな。そしてその何かを見つけたため、日積亭は死ぬことになった……」

「日積亭が殺されたんだとしたら、そうかもしれませんね」

「含みのある言い方だな」

「推理する気なら、確からしいことをまず集めないと」

「確からしいことなんてあるかよ。突き詰めればなんだって疑えるぜ」

「それでも推理を巡らせる前に数えることは無駄じゃありませんよ。なるべく多くの確からしいことを勘定に入れた推理が、いちばんの説得力を持つものなんです。ことに、真実が決して判らないような問題においてはね」

「敗北宣言か」

「現実は専門外なんですよ、俺」

でもと詠坂は続けた。いちおうらしく考えてみますかと。

「確からしいのは、ここが開かずの扉だったということ、日積亭の屍体を発見した時には開いていたこと、屍体がこの扉の鍵を所持していたこと、そして今、開かずの扉の向こうに何もないこと。これくらいですかね」

「ああ。それでどうなる?」

「開かずの扉と言いながら、鍵はあったわけです。つまり、ここを管理する意志はまだ生きていた。じゃあそれは誰の意志で、鍵を管理していたのは一体誰か？」

「竹峰だろきっと。入口の格子扉の鍵を管理していたくらいだから、開かずの扉の鍵も持ってたんじゃないか」

「そうですね。竹峰老人がここを閉ざし、その鍵を隠していたとするのが順当です。老人の死後、日積がその鍵を見つけて使ったのだと。ではなぜ扉は閉ざされていたのか」

「ここに何かを隠してたんじゃないか。持ち出されたのか、もうないけど」

それだけですかねと詠坂は鋭く言った。

「考えられる可能性はほかにもありますよね」

「例えばなんだ」

「その何かは今もまだあるとか」

「はぁ？」

柵馬はもう一度、今度はゆっくり部屋を見た。光で照らしているところ以外は闇に沈んでいる。その闇に、まだ何かがあるというのか。

自分の声が俄《にわか》に震え出すのを柵馬は自覚した。

「俺には何も見えない。詠坂、お前には何か見えるのか」

「見えないですよ。栅馬さんと同じ物しか。ただ、見えるものだけがすべてでもないように、その向こうに隠したいものがある時だけ扉が閉められるわけでもない。扉ってのは通路であると同時に壁です。必要に応じて壁にも通路にもなるパーツだ。壁が必要な時に扉は閉められる。そして、壁の役割は視界を遮ることだけじゃない。視界を遮ったり雨風を防ぐほかにも、壁には重要な役割があるでしょう」

ぼそっと韮澤が呟いた。

「天井を支えることだろ」

「そう。壁は柱でもある。建築の基礎だ。基本的に窓が多ければ建物の耐震性は落ちる。地震なんかでひしゃげた建物では、屋根の重みが集中した箇所の窓やドアが開かなくなったりもする。この扉が力を込めなければ開かなかったように」

詠坂は開かずの扉を振り向いて言った。

ということは——栅馬は思う。

「ひょっとしてやばいんじゃないのか、俺ら」

「まぁ、ここも構築された時の姿を保ち続けてるわけはありませんよ。地震が起きれば土も動く。土が動けば地下壕も歪む。六十年以上ものあいだ姿を留めてることのほうが奇跡です。いつ崩壊したっておかしかない」

「……出るぞ。おい韮澤、お前先頭で戻れ。詠坂、明かりを渡してやれ」

ＬＥＤライトを受け取った韮澤は鼻を鳴らし、それでも逆らわずに来た道を戻り始めた。柵馬は数歩歩いてから振り返った。詠坂は動いていないようだ。

「何してんだ」

「つうか、まだ話途中なんですけど」

「歩きながら喋れよ。生き埋めになりたいのか」

「なりたいですね。したら既刊に重版がかかるかもしれないし、作り話で二度と頭悩ませずに済む。いいことずくめだ」

「愚痴なら外で聞く」

早くしろよと先行する韮澤に急かされ、ようやく詠坂は歩き出した。

柵馬は静かに焦り始める。さっきまで何でもなかったのに、意識してしまうとすぐにでも崩落が始まる予感が拭えないのだ。恐怖をごまかしたくて、喋れよと言った。

「詠坂、お前の考えじゃ、崩落防止、天井を支えるためにあの扉は閉められてたんだよな。でも、扉には錠までかかってたんだぞ」

「錠があって鍵があれば施錠しときたいのが人情でしょう」

「開ける予定もない扉の鍵をとっておくか？」

「竹峰老人がかつてここで働いていたって話が本当なら、愛着もあったでしょう。いちばん奥まったところにある部屋。そこにもう何も残っていないからこそ、鍵だけは手元に残しておきたくなったんじゃないですか」

そういうものだろうかと柵馬は疑う。代わりの推理があったわけではない。詠坂の物分かりいい喋り方が気に食わないだけなのかもしれなかった。

「じゃあ、どうして日積亭はあんな場所で死んでたんだ？」

「それが判ったら大したもんですよね」

「……お前、なんか隠してるだろ」

常時なんかは隠してますよと軽口を叩き、小説家は続けた。

「錠があって鍵があれば施錠したくなるのが人情なら、閉ざされた扉があって鍵があったら開けたくなるのも人情だ。開かずの扉にあった表示から、あそこでは何かの実験が行われていたのだと考えたくもなりますよね」

「そうな」

「どんな実験が行われてたんだと思います？」

柵馬は半秒考える。ずっと頭にあった可能性が、自然に口を吐いて出た。

「新兵器の開発じゃないのか。何回も言うようだけど」

「電気で人を殺すってヤツですね。韮澤はどう思う？」

先頭を進む少年は振り返りもしない。二人の話を聞いていたかどうかも怪しかったが、しばらくし、ぽつりと答えた。

「怪物」

「あ？」

「怪物を作ってたんだろ。あの部屋で」

それはと柵馬は呟き、その先を遠慮した。だが空気を読めない詠坂はさらりと口にしてしまう。電気人間を作ってたってわけだな、と。

「面白い可能性だ。こういうアイデア相手に現実味を説くのは野暮でしかない」

「何が言いたいんだ」

「開かずの扉にあった表示は想像力を刺激する。読めそうで読めないあたりが特にね。それはなぜ？　ひとつはこの地下壕という非日常的な環境のせいでしょう。でも俺は、あの表示が半端に消されていることがでかいと思います」

「半端に……消されている？」

「あれは風化して読めなくなった感じではなかった。かといって、部屋の目的を隠蔽するためでもない。それなら全部綺麗に消しておくはずですから」

わざとあんなふうに残したんじゃないですかねと詠坂は言う。

「どうしてそんなことをしたんだよ」

「その向こうに何かがあると思わせたいために」

「実際には何もないのに？」

「ただの悪戯《いたずら》なら答はそうなります」

柵馬は眉を顰めた。

「やっぱりお前もあの向こうには何かあったと思ってるんだな」

「ちと違います。さっき言いましたよね。俺は、今もあったと思ってるんです」

「どういう意味だよ」

詠坂の返事はなかった。間も悪かった。地下壕の出口が近いのだ。

前方に見えてきた光が徐々に大きくなる。闇に慣れた眼には眩しい光だ。やがて辿りついた階段を、三人はゆっくり上っていった。そして外に出た瞬間、外光が白い闇になり視界を染めあげる。深呼吸をするとなぜだか笑えてきて、背中に詠坂の頭突きを喰らうまで、柵馬は地下壕の出口に佇《たたず》んでいた。

「邪魔ですよ。行ってください」

「あぁ、悪い」

眼が慣れれば辺りはもう薄暗く、空気も赤らんでいる。空に光は残っているが、傾いた陽は木々に隠れて在処《ありか》も知れない。

逢魔ヶ時だ。

――電気人間が現れるにはいい時分だ。

それなら語ってやるかと柵馬は振り返る。詠坂は格子扉を閉めながら、土埃が口に入ったのか、しきりに唾を吐いていた。

「続きを聞くぞ」

「どこまで話しましたっけ」

「お前は今もあの扉の向こうに何かがあったと考えてるってとこまで」

「あぁ。そうなんですけどね、どう話せば判ってもらいやすいかな……」

しばらく地面を眺めていた詠坂は、そう、と頷いて続けた。

「噂の犠牲者――あえて言いますけど、電気人間に殺された被害者は、どうして三人で終わってるんでしょうね？」

「別にそうとは言い切れないだろ。赤鳥美晴の前にもいたかもしれないし、日積亭のあとにだって出てるのかもしれない」

「でも俺らは耳にしてませんよね。韮澤、お前はほかに電気人間の被害者を知ってるか」

知らねーと少年は答えた。だよなと小説家は頷く。

「韮澤が知らない。俺らも知らない。そんな被害者は、いたとしてもいないのと一緒、勘定に入れなくていいってことです。だって電気人間なんて怪異自体が噂によるものなんですから。語られてないことまで認識する必要はない」

「どうせ作り話だからか」

「さっき言いましたよね。なるべく多くの確からしいことを勘定に入れた推理がいちばん説得力を持つって。それは言い換えれば、確からしいと決めたもの以外は切り捨てるってことです。電気人間の被害者は三人。俺らに知り得た範囲の、なんてただし書きをつけなくても、こいつは決定事項としましょう」

「判ったよ。それでどうなるんだ」

「いや、柵馬さんも少しは考えてみて下さいよ。被害者はどうして三人だけなのか。いちばん簡単な答はなんです？」

「三人殺したことで目的を達成したから、とか？」

「いいですね。もしそれが答だとするとどうなります。三人殺したことで達成された目的とは何か。もっと簡単に言うと、三人殺したことで何が起こったか」

昨夜から何度となくなぞってきた思考だ。柵馬は考えずに答えた。

「電気人間が噂になって、俺らが動き出したことだろ」

「そうです。でもその考え方は袋小路だったでしょう。柵馬さんは犯人じゃなく、流川さんも違うと。電気人間が存在すると思わせて得する人の中に犯人は見当たらない。というわけで、遡ってもう一度問うことにします。被害者はどうして三人なのか。三人で止まってしまったのはどうしてか？」

「止まって……しまった？」

そうかと柵馬は頷く。詠坂が誘導したい地点が判ったのだ。

「犯人が、いや、電気人間が死んでしまったからだって言いたいのか」

「そう、つまり？」

「日積亭が、赤鳥美晴と竹峰英作を殺して自殺した」

いったん口にすると、それを補う情報がいくつも柵馬の頭に浮かんだ。そうだとも思う。その可能性は最初からあったのだと。

――赤鳥が死亡した部屋は密室だった。中に入るには彼女自身の協力が要る。それはつまり、知り合いである日積なら可能ということだ。もし日積が電気で人を殺す兵器を発見し、使ったのだとしたら、事情を知る者を消す動機も育《はぐく》みやすい。兵器の存在を知る竹峰を口封じに殺す気になったのかもしれない。

思うまま柵馬は語った。

「二人を殺したあとに自責の念にかられて自殺したのか。でもどうやって？　現場には屍体のほかは何もなかったんだろ。……いや待てよ。そもそも地下壕の屍体は本当に日積亭なのか？　ひょっとしたら別人で、日積亭が実はまだ生きているとしたら――」

詠坂は答えずにやにやしている。柵馬は我に返った。

「違うのか」

「判りません。ただ、日積亭が赤鳥美晴を殺すのはいいとしても、竹峰英作を浴室で殺すというのはリアリティがない。当時、家には竹峰の女房もいたんですから」

「そうか？　いや、そうかもしれないけど――」

「それにそれだと普通すぎます。ただの屍体擬装トリックじゃあね。もうちょっと捻らないと、受けが悪いでしょう」

「そんなの気にしてられるかよ」

「読者は気にします」

「どこに読者がいるってんだ」

「この場合の読者ってのは柵馬さんのことですよ。真相なんて明かしたところで面白い記事にならないって言ったじゃないですか俺、前に」

「そいつはお前の意見だろ。真実がもしあるならそれがどんなものだろうと追った上で書く。それがライター根性だよ」

「立派な建前ですけど、真実とかいうやつを明らかにできるだけの材料も俺らにはないんです。正解の印象さえ抱けるかどうか判らない程度の手がかりしかないし、これから先も揃うことはまずない。それでも調べてるのは、職業意識を差し置いてもまず気になるからでしょう。だから俺の推理もそのあたりの空気を読むわけです」

「どういうことだよ」

「柵馬さんが納得するかどうかを判定基準にするってことです。俺がここでうまいこと言って、これ以上を調べようと柵馬さんが思わなくなれば、それが真実だと。正直、電気人間の記事を書くだけなら資料はもう充分揃ってるでしょう」

身も蓋もない意見だが、事実でもあった。まあなと柵馬は頷いた。

「ならとっとと終わらせましょう。俺が犯人として想定したのは竹峰です。この林を管理していた老人が、赤鳥美晴と日積亭を殺したんです」

柵馬は唖然《あぜん》とした。意味が判らなかった。

「竹峰がどうやって二人を殺すんだ。赤鳥はホテルの部屋で――」

昼間に会って面識はあるんでしょうと詠坂は言う。

「携帯番号さえ知ってたら、部屋のドアを開けてもらうのは口先ひとつでどうにでもなる。忘れ物があると言ったのかもしれない」

「いや、それにしたって部屋の前まで行くのは――」

「同じ階に部屋でも取ったんじゃないですか。それがいちばんてっとり早い。赤鳥が死んだのは、この地下壕を調べた日の夜でしょう。その時点で赤鳥と竹峰が知り合いだなんて、本人たちしか知らないことです。宿泊客を調べた警察も、八十すぎの爺さんと二十歳そこその大学生の繋がりは想定しませんよ。まして殺したなんて可能性はね」

「じゃあ宿帳をどうにかして調べれば」

「偽名を使うくらいの知恵はあったでしょう。無意味です」

さらりと詠坂は言うが、到底柵馬は納得できない。

「それならどうして赤鳥は全裸だったんだ。いくら警戒してないと言ったって、服も着ずにドアは開けないだろう」

「当然、竹峰が脱がしたんでしょうね」

「なんで」

「衣服に跡が付いたからでしょう。電気で人を殺す兵器――柵馬さんお気に入りのこいつを使ったため服に焦げ跡が付いてしまい、持ち帰る必要があったってのはどうです？」

「持ち帰る？　服は脱ぎ捨てられてたんだぞ」

「赤鳥も着替えは持ってたでしょう。現場にあったのはそれです。殺された時に赤鳥が着ていた服は竹峰の手で処分されたんですよ」

「雑すぎる。チェックインの時に着てた服と違っていれば疑われるだろ」

「誰に？　刑事には判りませんよそんなこと。気付くとしたらホテルの誰かでしょう。警察も屍体が客かどうかを確かめるため、従業員に屍体を見せたとは思いますけど、その時に現場にあった衣服を着せたりはしなかったはずですよ。格式を誇るようなホテルの従業員ならいざ知らず、そこらのビジネスホテルの従業員にそこまでの気付きを求めるのも酷だし、気付いたとしてもことなかれに流れたかもしれません」

　いちおう説明にはなっている。想像に頼りすぎているようだが、柵馬は否定材料を見つけられない。それでも疑問は残った。

「屍体が濡れてたってのは？」

「全裸屍体が部屋に転がってたら不自然でしょう。シャワー室に入れて躰を濡らしておけば、少しは警察も物語が考えやすくなる。うまい手ですよ。服を脱がしただけで着させてはいない点がまずうまい。無理に着させれば不自然な部分が出ると考えたんでしょう。自分に何ができて何ができないかを知っている老人の犯行らしいじゃないですか」

柵馬は頭を叩いた。そうなのかと思う。いや、待て、待てよ。

「竹峰が赤鳥を殺したのはまあいい。でも竹峰はそのあとに死んでるんだぞ」

「風呂場でね。歳が歳だし、竹峰だけは本当に心不全だったんじゃないですか。自殺なら道具を始末する問題があるし」

「いやそうじゃなく、日積のことだよ。あいつは竹峰が死んだあとに死んだんだぞ。具体的な時期は判らないけど、それだけは確かなはずだ——韮澤」

二人の話を退屈そうに聞いていた小学生は、なんだよと応えた。

「お前、日積に会ったんだろう。それって竹峰が死んだあとだよな」

「そうだよ。竹峰の爺さんが死んだ時、学校で集会があって、日積が来たのはそのあと」

ほらみろと柵馬は言った。勝ち誇ったつもりが、声は悲鳴のように響いた。

「竹峰が死んだ時、日積はまだ生きてたんだ。それともなんだ。日積を殺したのはまた違う人間だとか、あれは自殺だったとか、事故だったとか言うつもりか」

「うーん、その三つだったらいちばん最後のが近いですかね」

「最後？　事故か」

ええまぁと気負いなく詠坂は頷き、地下壕を振り返った。

「近いったって殺意はあったわけですから、やっぱり殺人に属すでしょうけど」

「殺人には加害者が必要だぜ」

「原理主義者ですねえ。省いて言えば、日積は竹峰が仕掛けた罠で死亡したんです」

「罠？　でも罠なら罠で作動するきっかけがあるはずだろう。そんなの」

「あったじゃないですか。超判りやすいやつが地下壕に」

「判りやすいやつ？」

「罠が仕掛けられてるのは床と宝箱だけだなんて、コンピュータRPGの文法っすよ。ローグとウィズがバリエーションをスポイルしたまま今に至ってるんです」

それで柵馬にも判った。

「開かずの扉か」

「そう。あの扉を開けた者を殺す罠が、あそこには仕掛けられてたんです。というか、そのために扉は閉められていたんでしょう」

「けど、罠で殺したなら後始末ができないだろう。発動した時のまま放置したことになる。なのに現場は見てきたとおりだ。それらしい跡なんてなかったぞ」

「そうですね。そうであったからこそ警察も他殺の可能性を考えなかったわけです。つまりその罠は、屍体に大きな痕跡を残さないだけではなく、作動したのち、現場にも痕跡を残さないものでなくてはならない」

「なんだよそれ。飛び矢や刃物は問題外だろう。毒針か？」

「それにしたって痕跡は残りますし、罠で飛ばす毒針は、当たらず不発に終わる可能性があります。ちょっと確実性に欠けますよね」

「じゃあ……毒ガスとか？」

「いいですね。俺もそれをまず考えました。開ければ毒ガスが発生するような仕掛けを作っておく。地下壕は閉鎖空間ですから、まあ確実に殺せます。いや、毒ガスじゃなくても、空気より比重が重たい気体を発生させれば窒息させることだってできそうです。この手の地下壕や古井戸、墳墓《ふんぼ》なんかじゃそういう事故も珍しくない。蠟燭《ろうそく》の明かりで酸素の有無を調べたりするのはそのためだとか。ただ……うーん」

「何か問題があるのか」

「基本的にその説明で無理はないと思うんです。窒息死の所見なら、むしろ屍体に残るのは望むところ。警察も事故として処理しやすくなる。でも」

詠坂は韮澤に向き直って尋ねた。

「お前が見つけた時、日積は開かずの扉の手前に倒れていたんだよな？」

「だったかなぁ」

「大事なことだから思い出してくれ。少なくとも、部屋の中じゃないよな」

「あぁ、それは絶対にそうだ」

自信ありげに韮澤は言う。

「そん時、日積は仰向けだったか。それとも俯《うつぶ》せだったか」

「──仰向けだった」

「頭はどっちを向いてた？　地下壕の入口のほうか奥のほうか──」

「入口。こっち側だった」

読みどおりらしく詠坂は頷いた。それがどうなるんだと柵馬は問う。

「判りませんか。頭を入口に向けて仰向けってことは、倒れる前、躰は地下壕の奥を向いていたことになる。つまり、部屋へ入る前に日積は死亡したことになるんです。部屋から出た時に死んだのなら、頭は入口のほうを向いて俯せか、奥を向いて仰向けって格好になるでしょうからね。もっと言うと、日積が倒れてたのは扉の枠の手前。それってつまり、日積は扉を開けてすぐ倒れたってことでしょう」

だとするとおかしいですよねと詠坂は続けた。

「罠が毒ガスを発生させたとしても、また扉の向こうに溜まったガスが酸素を押しのけたのだとしても、日積が倒れるまで時間は要ります。開けて即効果発動なんてことにはならない。なのに日積は扉を開けてすぐ倒れている」

「ガスが凶器じゃないってわけか」

「そう考えないと柵馬さんは納得しないかと」

柵馬は笑いたくなった。詠坂が言わなければ、ガス説で納得していたに違いない自分を思えばなおさらだ。結局、と思う。

——こいつが納得させたいのは自分自身なんだろう。他人よりまず自分が納得したいんだ。断じてフェアプレイ精神の発露なんかじゃない。

「じゃあほかにどんな殺し方があるんだ」

「そうですね。韮澤、もうひとつ聞きたいんだけど。日積の屍体はどんな感じだった。要は、どこまで腐敗が進行してたかってことだけど」

「そんなこと訊かれても、服着てたからほとんど見えなかったし」

「顔と手は出てたろ」

韮澤は嫌そうな顔をする。それでもしぶしぶ頷いた。

「手とか顔は黒かった。なんでか服もズボンも脱げかけてたけど」

「腐敗現象でいったんは膨らむからな。骨は見えなかったか?」

「そんなん、蛆と蠅だらけでよく見えなかったし」

景色を想像し、柵馬は顔を顰めた。

それと同時に韮澤の歳に思い至り、その平然とした様子にも戦《おのの》く。放っておけばまた疑ってしまいそうで、慌てて思考を截《き》った。

詠坂が感嘆の頷きとともに言う。

「それにしても、死後四ヶ月経った屍体にも蝿って集るもんなんだなぁ」

「不自然なのか」

「さあ。蝿は死後数分でやって来るそうですけど、日積が死んだのは冬場ですからそもそも蝿が動かない。暖かくなってきたところで喰いでのある餌を見つけたって構図でしょう。野良犬も入って来れない場所だし、屍体が丸々残ってることにも疑問はないです」

「オレは蝿が沢山出るって噂を調べてて、あれを見つけたんだ」

怒ったように韮澤は説明する。愉快な毎日じゃないかと詠坂は笑いかけた。

「腐った屍体なんてそうお目にかかれるもんじゃない。羨ましいよ」

「何も知らねーくせに」

「あぁ？」

喧嘩が始まりそうな空気を読み、柵馬は口を挟んだ。

「で、蛆だらけの屍体がどう話に関わるんだ」

詠坂はあっさり本題に戻って続けた

「蛆に食い荒らされてたってことは、恐らく外傷の有無を警察は確信できなかったはずなんですよ。骨にまで届くような刺し傷切り傷ならともかく、表皮の擦《す》り傷や火傷《やけど》なんかはもう判らなくなってた可能性が高い」

「見過ごされた怪我があったって言いたいのか。だとしても、開けた瞬間に即死させるような罠だろ。そんなのってあるかな」

「即死ではなかったのかもしれないですよ」

「はぁ？　お前が言ったんだろ。扉を開けてすぐに死んだって」

「俺は、扉を開けてすぐ倒れたって言ったんです」

「同じだ。即死じゃなきゃ起き上がる。そのまま寝転がってるわけはない」

「起き上がりたくてもできなかったのかもしれない。躰が動かなかったとしたら？」

「なんだそれ。麻酔薬でも打たれたのか」

「思い出して下さい。今まで何を調べてきたか。本命が残ってるじゃないですか」

「本命――？」

柵馬はしばらく考え、まさかと思い至る。確かに本命があった。詠坂が出張ってきた時点で、自分が考えてきたものとは違う推理が展開されることになるんだろうと思い、自動的に除外してしまっていた可能性が。

「電気か？」

「ほかに考えられないですよ。躰を司《つかさど》る神経に流れているのは電流、筋肉に動けと命令するのも電気です。そこへ外部から電流を流されると、人は自分の意思では動けなくなる。高電圧設備に近付いて感電してしまった人が、その場から逃げられず死亡してしまう原因はそれです。日積は感電してその場に倒れ、心細動を起こして死んだんです。逃げたくても躰は動かなかったんでしょう」

「でも、罠なんだろ？　感電させる罠っていったらそれなりのサイズになるだろうし、そんなものはどこにも――」

ないと言いかけ、柵馬は言葉を切った。気付いたことがあった。

「ひょっとして、開かずの扉そのものが？」

「ええ。日積は軍手をしてたかもしれないし、してなかったかもしれない。どっちにしても、暗いところで鍵を使うとなったら脱ぎますよね。つまり素手で開かずの扉を開錠したんです。それからノブを握って手前に引いた。扉はすんなりとは開かない。最初はノブを両手で持って引っ張ったでしょうけど、ある程度隙間が開いてからは、左手でノブを握り、右手を枠に支《か》って押し開けようとしたんじゃないですか」

「そうすると、どうなる？」

「枠とノブのあいだに充分な電位差があれば、日積の躰を電流が流れます。靴の材質にもよりますが、ソールはラバーでしょう。足から地面へという経路が絶縁されてしまっていたら、電流は手から手へ腕を介して流れる。それはつまり胸を電流が通過するってことです。当然通り道にある心臓も貫かれる」

「それで死亡？　そういう罠だったってのか」

「それが俺の推理です。地下壕に今も残る電線を利用して電圧をかけていたのかもしれないし、開かずの扉そのものが電池として機能するよう調整してあったのかもしれない。地下壕は足下が土ですから、大がかりな仕掛けを埋めることもできる。もしかしたら、開錠がスイッチになってたのかもしれない。自然放電や素材の劣化を考えれば定期的なメンテナンスは要ったでしょうけど、それもここらを管理してた竹峰になら可能です」

「そんなにうまくいくものかよ」

「屍体はありますよ。信頼性は低いでしょうが、うまくいっちゃったんでしょう。こう考えてこそ扉を開けた地点で死亡していたことの説明も付く。手に火傷跡は残ったかもしれませんが、それも腐敗と食害にごまかされてしまったんです」

柵馬は頰をつねった。すべてが想像の産物に思えた。説明が付けば証明など要らないという手合いと区別は付かない。また疑問も多い。

いちばん大きな疑問は動機だった。

「どうして竹峰はそんなことをしたんだ。赤鳥にどんな恨みがあった？　いや、それより日積だ。日積が罠で死んだのなら、竹峰は誰でもいいからここに入ってきたやつを殺すつもりだったことになる。なんでそんなことになったんだよ」

平然とした様子で、知りませんよと詠坂は言う。

「八十すぎの爺さんの人生を咀嚼《そしやく》できる手がかりもありません。いや、想像で良ければいくらでも説明は付けられますよ。例えばこの地下壕の奥の部屋、その壁向こうにとてつもない宝や研究成果が眠っていて、竹峰はそれを守りたかったんだとか。罠はそのためにあったもので、赤鳥に調査を許したのは、許さなければそれだけ興味を引いてしまうから。殺したのは、彼女が宝の存在に気付いてしまったからだとか」

「宝？　宝って……」

柵馬の問いを無視し、あるいはと詠坂は続けた。

「若者が嫌いだっただけかもしれない。特に、訳知り顔で嗅ぎ回って、自分がかつて勤めていた研究所の静寂を破るような人間がね。ろくに戦争も知らず、ただ化け物が出るという噂だけを理由に訪れる無知な輩《やから》が」

それともさらに彼は言葉を継ぐ。

「年老いた竹峰には過去と現在の区別が付かなくなる瞬間があったのかもしれない。戦争中、国が倒すべき敵を提示していたころの自分と今の自分が混ざり合い、敵がいない現在で強引に敵を探した結果、赤鳥を殺すことになってしまったのかも」

物語なんていくらでも考えられますと詠坂は言った。

「これが物語なら真偽の別は付く。一から十まですべてが嘘っぱちだ。ところがどっこいここは現実。動機なんて、たとえそれが真実でも証明できない。殺した本人だって理路整然とは説明できないのが普通ですよ。まして犯人は死んでんです」

「まだ犯人と決まったわけじゃない」

「俺は俺の推測が真実だと仮定して喋ってますから」

柵馬は数秒黙った。それから唾を飲み込み、なぁと優しく声をかけた。

「今でも開かずの扉は罠になってるのか？　お前、さっき散々触って調べてたよな」

「言ったでしょう。メンテナンスが要る罠だって。警察の読みどおり今年の一月ごろ日積が死んだのなら、作動してから半年は経過してる。動かないのは当たり前です」

「だとしても、地面を掘れば仕掛けは出てくるわけだよな？」

それならと言って柵馬は格子扉に取り付いた。まだ施錠はされていない。だが開けようとしたところで詠坂に腕を取られた。

「何するつもりですか」

「確かめるんだよ。お前の推理を」

詠坂は深いため息を吐き、まるだし死亡フラグっすよと言う。

「スコップもないし、作業するならライトだってもっとでかいのが要ります」

「用意して戻ってくればいい」

「それがフラグだってんです。準備万端整えて侵入し、トリック確かめた途端に落盤、翌日朝刊のベタ記事ってパターンですよ。そんなのに付き合うこたないでしょう」

自信がないのかと問う柵馬を遮るように、第一、と強く詠坂は言った。

「確かめることに意味があるんですか」

「意味って、そうするのが普通だろうが」

「普通ですかね。じゃあその普通に従って俺の推理が確かめられたらどうなります？　真実を記事にする？　死人が殺人者だったなんつう記事を書けますか。よしんば書けたとしても、プレスタじゃ掲載は無理でしょう」

確かに仕事にはならないと柵馬は思う。それでも黙れなかった。

「推理に自信がなくて言ってるように聞こえるぞ」

それも含めてですと詠坂は言う。

「もし俺の推理が間違っていて、掘っても何も見つからなかったとしましょう。そうしたら調査を続けるんですか。続けませんよね。ほかにあてなんてないんですから。時間的な余裕もない。結局、ひとかたまりの謎を抱えて帰ることになる。俺だって別の推理を考えるような熱はありませんから、ここで逃《ふ》けますよ」

開き直りにしては、声はやけに哀しげに響いた。表情も窺い知れない。長広舌《ちょうこうぜつ》が続くうち、陽は完全に没してしまったのだ。すでに柵馬の眼には、詠坂の姿も韮澤の姿も、巨大な茸《きのこ》めいた影としてしか映らない。

その影に向かって言った。

「誰も得しないって言いたいのか」

「理屈で否定できない説明なら充分じゃありませんか。どのみち電気人間メインで書くなら真実なんてどうでもいい。何回も言いましたよね、俺」

「そりゃそうだが、どうしてそんなに必死なんだ」

「うかつに動いたら死ぬからです」

冗談だなと思って柵馬は笑った。だが闇に応える笑い声はない。

しばらくし、まあ別にいいですよと詠坂の声が言った。

「このあとどう動くかは柵馬さんの自由だ。撤退するなり死ぬなりどうぞご自由に」

「急になんだ」

「言い訳作りですよ。明日明後日の朝刊地域面で柵馬さんの死亡を知った時の。俺はできることをした。柵馬さんが死んだのは俺のせいじゃない。本人の責任だ、ばーかばーかばーかってね。そういう気分、香典の額にも影響しますから」

「友達甲斐がないな」

「友達なら言うこと少しは聞いて下さいよ」

そこで柵馬は気付いた。詠坂の声に滲んでいるのが哀しみなどではないことに。面倒臭いという本音の隠れ蓑《みの》でさえない。そこにあるのは恐怖のようだった。

「何をそんなに恐がってんだ」

「さぁね。格好良く言えば現実にでしょう。今日だって本当は来る気もなかった。言い訳作りってのは本音ですよ。なんとなく柵馬さんが死にそうな気がしたんです。それでチャリ漕いで来たのに、推理を巡らせるほど愉快な話は思い付かないことが判るばかり。まあこれが現実だ。それくらいは俺も判ってます」

「だから小説を書いてるんだろ。何度も聞いた」

するとと詠坂はようやく笑った……ようだった。本当のところは闇に沈んでしまっているので判らない。とにかくと彼の影が言った。

「魔法回数が心許《こころもと》ない状態で新階層に辿り着いた気分ですわ。そこの角の向こうを覗いたら戻ろう。そんなふうに考えて全滅した経験は一度や二度じゃない」

「ゲームの話だろそれ」

「気分は一緒だって言ってるんです。俺は人より少しばかり想像力がある上に、相当なバカで、かなりの怠《なま》け者です。恐いと思った場所へは二度と行かないし、直視もしません。そうすれば成長もない代わりに、心に傷を負わなくて済む」

「それを真似ろってのか」

「俺の事情を説明してるだけです。あとは柵馬さん次第だ。説得されたければされて下さい。反骨を見せたければそのように。俺のほうの義理は以上です」

　詠坂の影はもっそり俯いた。会釈したのかもしれなかった。

　柵馬は額を掻いた。闇は一層濃くなっている。景色が見えなくなったぶん、虫の鳴き声が際立っていた。風が頬を撫で、収まれば今度は草の匂いが気になりもする。

　——開かずの扉の向こうに眼を惹くものはなかった。詠坂の推理が正しければ、そこには元から何もなかったことになる。当然、扉の罠はただ開けた者を殺すだけの、面白味もないものでしかないわけだ。電気人間の存在に至っては絶望的だろう。

　——俺は、電気人間がいないことを知った頭で記事が書けるか？

自問し三度、柵馬は流川の言葉を思い出す。

——ホラー寄りの記事にするならまず恐がらないといけない。

判ったよとため息混じりに彼は答えた。

「引き揚げだ。その代わり、特集は半分お前持ちだぞ」

「仕事を人にくれてやるほど余裕があんですか」

「お前と違って俺は専業のライターだ。プレスタにかかりきりってわけにはいかない」

「兼業ライターにも都合があるんですが」

「お前、まさか電気人間を小説のネタにする気じゃないだろうな。そいつは仁義に反するぞ。これはこっちの企画だ」

「それはもう判ってますすって」

「半笑いで言うな」

「約束します。もし破ったら飯を奢《おご》りましょう」

「破る気満々じゃないかよ!」

怒鳴ると妙にすっきりして、柵馬は力なく笑った。照れ隠しに腕を振り回す。そうしてから、闇に見当付けて韮澤を呼んだ。なんだよと声が応える。

「まだいたか」

「いちゃわりーのか」

「別に悪かない。意外に空気を読むタイプなんだなお前は。珍しい」

「自分のことはわかんねーんだな」

「何？　どういうことだよ」

「オレには、あんたたちのほうがずっと珍しい」

違いないと詠坂の声が言う。こいつは一本取られましたねと。

そうかと密かに柵馬は頷いた。

——こいつはカラーズ。常態の喪失を収集するのが目的だ。韮澤にとって電気人間に殺された三人はもう過去の出来事。それより今は、電気人間について調べると言って林を徘徊する俺たちこそ、観察すべき常態の喪失だったというわけだ。

「まぁじきに珍しくもなくなるよ。俺らは帰る。家まで送ってやろうか」

「ナメんな」

「言うと思った。しかしま、それのほうがいいな。下手に一緒に歩いてるところを見られて不審者扱いされちゃたまらない」

実際に不審者ではありますけどねと詠坂が軽口を叩いた。

「とにかく韮澤、取材協力に感謝する。雑誌を送るから、住所を教えてくれるか」

「やだよ。本なんて要らねーし」

「じゃあ何か言いたいことは？　これだけは書いておいてくれみたいな要望でもいい」

返答を待ちながら柵馬は空を見た。木々が茂らせた枝葉の陰と夜空の闇が濃淡で景色を分けている。片方には星々が散っており、おかげでそちらが空だと判る。二種類の闇が描く描線に気を取られ、しばらく彼は思考を手放した。

ようやく韮澤の声がした。

「ここのことは早く忘れろよな」

「言われなくても、仕事が終われば覚えてらんねえよ」

「そんならいい。もう二度と来んな」

「お前が死んだりしなければね」

「オレは死なない」

当たり前のように言う韮澤に別れを告げ、柵馬は詠坂と歩き出した。

林を出て街灯が見えてきたところで、ようやくそばを歩く影が風貌を取り戻す。小説家は街灯の下に停めてあった自転車に近寄り、錠を外して牽《ひ》き始めた。

「駅まで付き合いますよ」

歩きながら、けれど詠坂は何も語ろうとしない。

小学校の前を通りすぎ、長い階段を下り切ったところで、柵馬は尋ねた。

「なんで韮澤はあの林にいたんだろうな」

「さぁ。俺らが気付かず、あいつだけが知ってる何かがまだあそこにはあったのかもしれないですね。……しょうがないですよ。俺らは部外者、なんでもかんでも話してはもらえない。特にやつは小学生でしょう。俺らの十倍も濃い毎日を送ってるはずで、そこで拾ったいちいちを出会ったばかりの怪しげな大人に喋るわけはない」

「屍体を発見したのは韮澤だけじゃない。剣崎とかいう女の子もいたはずだな」

「やめて下さいよ。俺らみたいなのが小学生女子と話してたらどんなふうに見られるか。ミヤザキツトムだってやっと死刑になったんですから。波風立てないで下さい」

「詠坂、まだほかに何か気付いたことがあるんじゃないのか」

「何かってなんですか」

「韮澤が電気人間のことを忘れろって言ったのはどうしてだ」

すると詠坂は歩みを止めた。しばらくし、恐る恐るといった様子で問い返した。

「本当に判らないんですか」

「何がだよ」

詠坂はため息を吐く。説明が面倒だという素振りだった。

「剣崎ってのは、流川さんの用意した資料になんてありました？」

「カラーズのひとり。韮澤の相方だって」

「てかそれ、恋人ってことでしょう。そんな二人が屍体を一緒に見つけて警察沙汰になったんですよ。当然、それまでと同じようにはいられない。剣崎のことを思えば、俺らみたいなのにこれ以上嗅ぎ回るなって言うのは当然っつうか」

「そうか？」

「そうですよ。小六でしょあいつ。きっと精通はまだだ。潔癖や完璧なんかで武装できる年ごろです。俺、あんまりそういうやつをバカにしたくないんですよね……」

聞いてなお柵馬は納得できなかった。そうなのかと思う。

——いや、そうなのかもしれない。言葉に裏があるように聞こえても、それは単に俺が失ってしまった純粋さをまだ韮澤が持っているからで、俺があいつのことを疑うのは、ある種の嫉妬の裏返しなのかもしれない。

そう考えると、柵馬はずっとあった疑いが晴れていくのを感じた。

疑いを晴らしたのは嫉妬でもなければ優越感でもない。諦めに近い何かだった。つまらなそうな顔の詠坂に、彼は無理に笑いかけた。

「そういうのに気付けるお前も、相当に若いよな」

「中二病って言うんです。決していばれることじゃない。でもね、そいつが完治しちまったら、芸人として致命的ですよ」

嫌そうに詠坂は言い、道路脇に唾を吐き捨てた。

信号機が現れ、遠くに駅舎が見えてくる。人の流れに混じりながら、人間の世界に帰ってきたなと柵馬は思った。自転車を牽く詠坂は居心地が悪そうだった。

晩飯でも食べていくかと提案しようとした時、携帯が鳴った。ディスプレイには接世書房と表示されている。嫌な予感がしたが、柵馬はためらわずに出た。
二、三言やりとりし、詠坂に待てと掌を突き出す。立ち止まって深呼吸をした。それから改めて携帯を耳に当てる。二分ほどで通話は終わった。
会話から内容を想像したらしい詠坂が、恐る恐る尋ねてきた。

「なんかあったんすか」

「なぁ詠坂、さっきの言葉は有効か」

「さっきのってどれのことです」

「これからお前の奢りで飯を食べに行きたいんだが」

それだけで察したらしく、詠坂は大きく口を開けて柵馬を見つめた。

「プレスタ、前回のが最終号だったそうだ」

「次がじゃなく？　うっわ、そいつは想定外。――えっ？　じゃあこの取材費は」

「できる限りのことはすると言ってたよ」

「それって何もできませんでしたの伏線じゃないですか！」

「と、いうわけで、電気人間はお前が換金できるテキストに仕立てるんだ」

「マジで？」

「俺の名前を協力で、流川さんを原案でクレジットしてくれればいい」

「さっきの、冗談のつもりだったんですが」

「現実になっちまったな」

笑って柵馬は肩を叩いてやる。

ぐったりした様子の詠坂は、遠くを眺めて呟いた。

「……アイロニック、アイロニックボマー」

「なんだそれ」

「勇気が湧いてくる呪文です」

「便利だな」

「効き目がありゃあね」

23

「電気人間のことはもう、調べてないの?」

剣崎の問いに呼び止められ、韮澤は振り返った。

終業式も掃除も終わり、夏休みを明日に控えた一日である。沢山の荷物を抱えた生徒で混雑した昇降口を、二人はやっと抜けたところだった。

「調べてねーよ」

そう、と剣崎は元気なく呟いた。

彼女が言葉を必死で探しているのが見てとれ、韮澤はその場を動けなくなる。

日差しが強く風もない。じっとしていても汗が噴き出る真夏の陽気だ。彼女と向き合うのは屍体を見つけた時以来だった。喧嘩をしたわけでもなければ、誰かに冷やかされたわけでもない。ただなんとなく気まずくなり、一緒にいることがなくなっていた。

それでいいと韮澤は思っていた。慣れた思考でもあった。長く、そう自分に言い訳することを免罪符にしてきたのだ。

友人は多くないが、集団から疎外《そがい》されているわけでもなく、葦澤は平穏に日々を送っていた。少なくとも学校では外れた真似をしたくなく、同じように彼は、剣崎にも普通の枠を外れて欲しくはなかった。自分の意見にも賛同して欲しくなく、だからこそ正面から彼の考えを否定する彼女と一緒にいても苦痛には感じなかったのだ。

だが、二人は屍体をともに見つけてしまった。

恐怖に囚われてしまえば、いもしないものを見るまではもうすぐだ。

葦澤がこの数ヶ月のあいだ密かに恐れていたのはそのことだった。剣崎がおかしなものを見るようになり、常態の喪失を信じるようになってしまったとしたら、自分のせいだと。だから前のような付き合いに戻ろうともしなかった。

それが彼女のためだと信じて。

「なんかさ、こやって向き合うのも久しぶりだよねえ」

あはっと剣崎は無理に笑う。そして葦澤の手を取り、強引に歩き出した。

「どこ行くんだよ」

「どこでもいいじゃん。歩きながらのが話せるし」

その割に剣崎は迷いなく進んでいく。行き先はすぐに判った。学校裏手の林だ。

強い日差しが作り出すはっきりとした陰影の世界に、セミの声が満ちていた。

木陰は涼しく、一歩進むごとに足下でバッタも跳ねまわる。そこらじゅうに溢れる濃厚な草いきれに鼻を啜《すす》り、顔を顰めながら剣崎は言った。

「ここって遠海市の土地なんだってね。どうして自然なままにしてるのか知ってる？」

「保護じゃねーの。子供に自然を触れさすとかいう」

「そういうのもあるかもね。でもあたしが聞いたのは違うんだ。林を拓こうとするたび何かが起こるんだって。工事の人が病気になったり、機械が動かなくなったり」

「幽霊がいるとか言い出すんじゃないだろな」

「はぁ？　この剣崎絢さんがそんなものを信じるとお思い？」

韮澤は鼻を鳴らして横を向いた。いつもどおりだとほっとし、すぐさまその安心した気持ちが許せなく思え、それでなんだよと尋ねた。

「うーん、それはどっちかったらあたしの言葉なんだけどなあ……。秀斗はまだ調べてるんでしょ？　電気人間のこと」

「調べてないっつったろ」

「嘘だね」

嘘、と韮澤はおうむ返しに呟いた。まったく予想外の反応だった。その言葉もそうだが、何より剣崎の思い詰めたような表情が。

「嘘……じゃねーよ」

「二週間くらい前かなぁ、秀斗、ここで大人の男の人二人と何か話してたでしょ」

韮澤は唇を歪めた。ここで出会った怪しげな二人組のことは誰にも話していなかった。そのおかげで彼女がどうやって知ったか、問うまでもなく判った。

「またどっかで覗いてたのか」

「そんなつもりなかったよ。たまたま見かけたんだ。雨も降ってないのに、黄色く汚れた雨合羽着て自転車漕いでる怪しい人。あとを尾けたらその人ここに来て、秀斗ともうひとりの男の人と話してるんだもの。それから三人であの穴に入ってったでしょ」

「あれは雑誌の取材だって」

「取材？　へー、あの穴を調べに来たっていうわけ」

疑わしげな眼で剣崎はなんという雑誌か、どういう特集なのか尋ねてきたが、聞いていない韮澤には答えられない。彼女は一層疑いを濃くしたようだった。

「ね。本当のことを言ってよ」

「マジだよ。信じられねーのも判るけど」

「その人たち、亡くなった三人のことを調べてたんでしょ。話してよ」

長くなると言っても、いいからと剣崎は退かなかった。

仕方なく韮澤は、柵馬と詠坂と名乗った二人組のことを話すことにした。彼らの雰囲気、語った目的、その行動を。どんな推理を詠坂が展開して、去っていったかまで。

真剣に耳を傾けていた剣崎は、聞き終えてからそっと尋ねた。

「秀斗はどう思ってんの。本当に、竹峰のおじいさんが二人を殺したとか思ってるわけ」

「知らねーよ。竹峰の爺さんと日積は知ってるけど、赤鳥とかいう大学生には会ったこともないし、殺されたとか言われたって全然だ」

「じゃあ、おじいさんが殺したのかもって思ってるんだ」

「かもしれねーけど、違う可能性だってあるだろ」

「例えば？」

いや例えばも何もと言い返そうとし、韮澤は剣崎の真剣な眸差に黙らされる。

「……何が聞きたいんだよ」

「秀斗はどうしてこの林を調べてたの？　日積さんがああなってるの見つけてからも、この林にちょくちょく来てるでしょ。ううん。その前からずっとだよね。それってなんで？　蠅が沢山出たとかいう話がほかにもあったわけ？　前に秀斗言ってくれたよね。〈普通じゃない理屈〉が、ひとつきりなのかどうかが知りたいって。それってまだ判らないの？　それとも判ったの？」

「まだわかんねーよ。ひとつきりじゃないような気はするけど、二つ目の〈普通じゃない理屈〉が見つかったわけじゃねーし」

　すると剣崎は瞳を逸らし、思い詰めたふうに喋り出した。

「あたし考えたんだ。秀斗の言葉。それでおかしいと思った。どうして秀斗は〈普通じゃない理屈〉が〈普通じゃない理屈〉だって判るのかなって。だってそうでしょ？　普通じゃないっていうのは、普通と比べないと判らないものじゃん。ひとりで調べてたって、自分が見たものが普通か普通じゃないかなんて、区別のしようがないよ」

「オレにだっていちおう常識はあるよ」

「だとしてもだよ。おかしなものを見て、それが本当におかしなものか、秀斗の頭が見ちゃった幻か、それって秀斗には区別が付かないはずだよ。誰かほかの人に聞いて、確かにおかしいって確認してもらわなきゃ」

「それはそうだけど……」

「だから、あたしはもっと考えたよ。秀斗が電気人間とかを調べてるのは、ひとつの〈普通じゃない理屈〉を知ってて、それを信じてるからだろうって。でしょ？」

　答えようがない問いだった。

　剣崎の言葉は、あまりに的を射ていたのだ。

「秀斗だって〈普通じゃない理屈〉を見つけてすぐに信じたりはしないでしょ。まず確かめようとするはず。でもそんなのあたしは聞かれたことないよ。それって単に、あたしを信用してないってことなの？　それとも、他人には確かめようがないことなの？」

「………」

「もし信用してないならそう言ってよ。もう二度とこういう話しないし。ううん、まず話しかけないようにするから」

菫澤は深く息を吸い、長く吐いた。信用してないのはそっちだろうという言葉を飲み込む。そういった言葉を返される覚悟で剣崎が喋っているのは判っていた。

いい加減なことは言えないと思いながら口を開く。

「お前に嘘を吐いたことはねーよ。信用してないわけでもない」

「じゃあ教えてよ。秀斗が殺したの？」

時が止まったように菫澤は感じた。剣崎はもっとだろうと思う。それは、けれどほっとする感覚を伴ってもいた。どんな答が返っても自分ひとりの胸に収めるつもりで彼女が喋っていたからではなく、その疑いが常識的なものだったからだ。

——剣崎は、まだ大丈夫だ。

「どうしてそうなるんだよ」

「わかんないよ。細かいことはいっこもわかんない。でも秀斗ならそうするかもって思った。人が死んで電気人間は有名になったんでしょ？　雑誌の取材が来るくらいに。それって〈普通じゃない理屈〉を探してる秀斗にはいいことなんじゃないの」

「どういいんだ」

「電気人間が有名になれば、そういう話を集めるチャンスも増えるんじゃないかなって。ごめん。自分で言っててまとまらないけど、でも、秀斗にはひょっとしたら、あたしとは違うものが見えてるのかもって思ったんだ。だってそうじゃん。結構長く一緒にいてさ、秀斗の性格とか、これでも判ってるつもりだよ」

それでも、と続ける剣崎の声は潤んでいた。

「普通にわかんなくなる時があるんだよ。疑いたくないけど、信じてたいけど、全然見えなくなる時があるわけ！　そういうふうになりたくないのに！　ちゃんと見てたいのに！」

「そういうもんだろ。オレはお前じゃないし、お前もオレじゃないんだから」

それでいいんだと韮澤は言う。あたしは嫌だよと剣崎は怒鳴った。

「判らないっていったん思っちゃうと、もうそれで近付けなくなっちゃうの！　抱き締めらんないし、手も繋げないし、普通に喋るのだってできなくなるんだから」

「そんなことねーだろ」

菫澤は呟いて剣崎の手を取った。瞬間、彼女はびくっと全身を震わせた。

　握った手は冷たく、剣崎はひどく弱く見えた。こんなことが前にもあったように思いながら、菫澤は迷わなかった。大丈夫だと頷く。

「大丈夫だって。オレもお前も別々だ。他人だよ」

「そんなのっ、哀しいじゃんか」

「哀しくたってオレはいるし、お前もいる。触れるし、喋ることもできる。剣崎には判らないかもしれないけどこれは凄いことなんだよ。それが、で、で、できないやつだっていい、いるんだ」

「死んじゃった人とか？」

「そうだよ。だから喚《わめ》くな。泣くな」

　菫澤が両手を握ってやると、剣崎は俯き、肩を震わせた。

　その顔から雫《しずく》が落ち、重ねた手の上に落ちる。体温と同じ温度の涙はなんの感触も残さなかっただろう。ひゅうひゅうと彼女の喉《のど》が鳴り、その額が彼の胸にぶつかった。

　抱き締めてやるべきだと判っていたけれど、そうするのは誰でもない、剣崎に対しての裏切りに思え、菫澤は動けなかった。だから、真っ赤な眼をした彼女が鼻を啜り上げて離れるまで、ただ時が過ぎるのに任せることにした。

　距離を取り、剣崎はそっと呟く。ごめん、と。

「なんでもねーよ」

あぁーと彼女は声を上げて顔をこすると、赤い眼でとびきりの笑顔を作った。

「やばい。あたし、やっぱ秀斗のこと凄い好きだわ」

韮澤は苦笑を返すしかなかった。ひとつ教えてよと剣崎は悪戯っぽく言う。

「三人を殺したのは誰だと思ってんの」

「電気人間だよ」

「——そっか。それってでも、どうしてなの。電気人間は人に恨みでも持ってるわけ？　噂で殺すと決まってるからって言われても、あたし納得しないよ」

「生きるためだろ」

「生きる？」

「生きるためにほかの生き物を殺すのは当たり前のことだ」

「別に電気人間は人を食べてるわけじゃないでしょ」

「電気人間の噂、いちばん最初に語られるのはなんだったよ」

「えっと……語ると現れる」

「それは、語る人間がいなくなったら消えるってことだろ。誰にも語られなくなったら電気人間は死ぬんだ。そうならないよう、電気人間も必死なんだよ」

「もしかして、噂が絶えない程度に人を殺してるってこと？」

「あぁ、きっとそうだ。でも無差別じゃない。自分を信じないやつだけ殺してるんだと思う。それも相手がひとりの時に殺すとか、どうやって死んだのか判らないように殺すとか、自分なりのルールに沿ってるんだろ」

「キャラに合ったやり方をするわけね」

「そう。オレとかお前が電気人間について語ってるのに殺されてないのは、きっと、噂を広めるのに役立ってるって思われてるからだろうな」

「大学生の女の人は電気人間を調べてるのに死んじゃったじゃん。日積さんだって――」

「どっちもきっと心では電気人間を否定してたんだろ。そういう人は調べたことを紙にまとめたりはしても、電気人間のことを語ったりしない。むしろ噂されなくなるのに一役買うんじゃないか。雑誌の取材に来た二人とは全然違う。あの二人は、電気人間はいるって方向で記事を書こうとしてたみたいだし」

「その二人はバカだから助かったんだね」

「そうさ。そういうこと全部、思考が読める電気人間には筒抜けだからな」

「竹峰のおじいさんは？」

「あの爺さんは病気だろ。なんでもかんでも電気人間のせいにはできねーよ」

「なるほどなるほど……」

剣崎は腕を組み、瞼を閉じて頷いた。菫澤は頬を掻いて待った。

そのまま二秒半。

「――な、わけないでしょ！」

剣崎は菫澤の肩口をひっぱたく。

「信じられるわけないじゃんそんな話！」

ふいと菫澤は笑い、横を向いた。なんだよと軽く言う。

「オレが何言っても信じてもらえねーんじゃん」

「――まったくもう。本当、秀斗はあたしがいないとそういうことばっか考えちゃうんだね。眼が離せないや」

あー、と棒読みの感嘆を彼女は漏らした。

「これじゃカラーズ辞めらんないなー」

「辞めろよ。てか勉強しろよ」

「またまたぁ、本当は同じ中学に通って欲しいくせに。素直じゃないね。まーそういうとこも大好きなんだけど」

ぎゅっと躰を菫澤に押し付け、剣崎は笑う。

「さ。じゃあ帰ろっか」

「ひとりで帰れ。お前、眼が真っ赤だぞ」

「誤解されちゃうって？　でも誤解じゃないよ。あたしは秀斗に泣かされたんだし！」

ふぅとため息を吐く彼に、はいはいと愉しげに彼女は応えた。

「判った、判りましたっ。今日のところは誤解ってことにしたげる。その代わり、お願いひとつ聞いてくれないかな」

「……なんだよ」

「携帯買ってもらいなよ秀斗。そしたら夏休みでも簡単に会えるし」

菫澤は笑ってしまった。しばらくぶりの素直な笑いだった。きょとんとする剣崎をおいてランドセルを下ろし、その中から青色の携帯電話を取り出してみせる。

彼女の顔に驚きが広がった。

「よくそういうの、自慢しないで黙ってられんね」

感心して言う剣崎に番号を教え、菫澤は言った。

「それより、お前は携帯持ってるのかよ」

「持ってないけど、どうせあたしからしか電話しなさそーだし、いいじゃん。会いたくなったら呼ぶから、ヒーローみたく現れてよ」

「期待すんな」

その言葉をいいほうに解釈したのだろう。剣崎は軽いステップで歩き出す。

少し行ったところで振り返り、秀斗と優しく呼んだ。

「好きだからね、きっとずっと」

「判ったよ。いけよ」

手を振ると剣崎はもう一度笑い、視界から消えた。

菲澤は息を吐く。ため息なのか安堵なのか、自分でも区別は付いてはいない。

微かに俯き、少年は思った。

——オレの考えは合ってるのか？

そして彼は改めてその名を呼ぶ。

「電気人間」

——もし合ってるのなら、もう誰も殺す必要はねー。

手に持った携帯を開き、菲澤はそれを耳に当てた。

恐る恐る呼びかける。

「こんな方法しか思い付かなかった」

そして彼は顔を上げて

わたしを見た。

24

「電気人間、答えられるなら答えてくれよ」

韮澤は直視していた。わたしがいる場所——彼のすぐそばの空間を。

焦点は定まっていないが、試しに躰を動かしてみれば彼の視線は追ってくる。わたしの姿が見えているのは間違いなかった。

「オレが考えてることは判るんだろ。でも、オレはお前の言葉を聞けねーんだ。携帯を通じてならひょっとしてと思ったんだけど、できないか？」

音声は重たい、テキストのほうがデータは軽かった。わたしは韮澤の携帯を触り、身振り手振りでディスプレイを示した。

それからメール作成画面を呼び出し、そこにテキストを書き出す。

『なぜわたしが見える』

「……小学校に上がる前、事故で大怪我をしたんだ」

言いながら韮澤は左眼の上あたりをさすった。

「それでこのあたりを骨折した。その時に薄い鉄板を入れたら、変なものが見えるようになったんだよ。ぼやっと輪郭がぼやけた光る影みたいなやつだ。あとで手術して鉄板を取ったのに、それが見えるのは変わらないまんまだ」

『なれてしまったんだねからだが
見ることに』

ディスプレイを眺め、韮澤はかもしれないと頷く。

「それが見えるんじゃなく出るもんだって気付いたのは、ずっとあとだ。これがおばけとか幽霊とかいうやつなんだなと思った。普通はすぐ消えるから気にならない。でもあんたは違った。判りやすいきっかけがあったんだ。いつも、電気人間の話をすると出てきて、しばらくその場に残ってただろ。これが電気人間だなって思った」

『じどうてきだからね、しょうがない』

「オレは最初、あんたが出るのは名坂小だけだって思ってた。ほかじゃ出ないんだろうって。でも日積に会った時、あの人の後ろに何かが見えた。それが日積と一緒に動くのを見た時、判ったんだ。あんたは語りさえすればどこにでも現れるんだって。それからオレは、なるべくあんたを見ないようにしてきた」

『どうして』

恐かったからだよ！　と韮澤は怒鳴った。

「噂が本当なら、あんたは人を殺す。どうして殺すのかも判らない。眼を付けられたくなかったんだ。それでも知りたいとは思った。語りさえしなければ出てこないみたいだったから、語らず調べるだけなら恐くない」

『そしてさっきのせつを思いついたというわけか』

「柵馬と詠坂の話を聞いてた時だよ。そうじゃないかなって。……合ってんの？」

『それより先にきかせてくれ』

「……何を」

『なぜわたしによびかける気になった』

韮澤は答えなかった。

『こわくなくなったか』

「――こえーよ。まだ」

『かのじょのためか』

韮澤は唾を飲み、口元を強張らせた。何より雄弁な答だった。

剣崎絢。

彼女がわたしを否定していることは、彼にとり懸念になるのだろう。

とにかく、と葦澤はごまかすように言った。

「オレの考えは合ってんだよな。ならもうあんたは誰も殺さなくていい。オレが毎日、あんたのことを喋ってやる。ずっとオレと一緒にいればいい」

『なんのほしょうもない』

テキストを読み、葦澤は眼を剝いた。

「どうして。生きたいんだろ。オレと話してる限り、あんたはずっと生きられるんだ」

肝心なところを彼は判っていなかった。

そんな約束は彼が生きている限りにおいてのものである上に、彼が約束を違《たが》えた場合、自由に現れることができないわたしには報復もできないということに。

さらに言えば、わたしはひとりではない。

語った者のそばにわたしは現れるのだ。二人以上の者が充分に距離を取って語れば、わたしもまた複数現れる。お互い、ある程度の記憶は共有しているが、個という意識は希薄だった。立場に差がある以上、取引など成立するわけはない。

わたしはそれを簡潔に説明することにした。

『きみには名まえもじゅみょうもうんめいもある
わたしにはかせしかない』

韮澤は小刻みに頷いた。

「じゃあ、これからも殺すのかよ」

『それしかわたしにできることはない』

電気人間の噂を途切れさせないため、わたしにできることなどたかが知れている。自分について語られた時にしか現れることができないということは、わたしを否定する者か肯定する者にしか出会えないということでもある。心を読み、電子機器を誤作動させるなどしてみれば、その区別は付く。前者なら殺す方向で検討するし、後者ならそうしない場合の損得を考える。それだけのことだ。

「オレも殺すのか」

『いいや。わたしも会話にはうえている』

「……剣崎は？」

『かのじょも生かそう
わたしのゆうじょうだと思ってくれたまえ』

「友情？」

『にんしきしあえるのだ
ゆうじょうもはぐくめるだろう』

いずれにしても剣崎を殺すのはデメリットが大きい。

彼女を殺せば、報復として韮澤はわたしのことを語らなくなるだろう。思考だけでは具現化できない。それは経験から判っていた。脳波は頭蓋に邪魔され、意味ある姿のまま世界に満ちることができないようなのだ。

音声だけがわたしを召喚するのである。

韮澤は迷い迷い言った。

「……あんたはどうしてそうなったんだよ」

『わすれてしまった
肉体がなければ、かこやみらいはむさんする』

こうして会話できるだけの人格を得たのも最近のことだった。

ただ、かなり以前から自分は存在しているのだという実感はあった。かつてわたしは人間だったと囁く声も途切れず聞こえている。噂どおり旧軍に作られたのかもしれないし、そうではないのかもしれない。今いる林に懐かしさを感じているのは確かだった。

辛抱強く韮澤は携帯の画面を眺めていた。わたしは言葉を続けた。

『気らくにしたまえ
わたしは君たちよりよわいそんざいだ』

「……なわけねーだろ。誰かに語られさえすればどこにでも現れることができて、好きに人が殺せるんだ」

あまりに素直な考え方だった。本当にそうならどれほど良かっただろう。

『どこにでもいるのは、どこにもいないということだ』

「……言ってることわかんねーし」

『そうか。ではさらばだ

気がむいたらよびだしてくれたまえ』

韮澤はまだ何か言いたげだったが、構わずわたしは地面へ溶けた。

自らの意志で大地に薄まってゆくのは、わたしに許された自由のひとつだ。

そのことを皮肉に思うこともある。

救いと思うこともある。

いずれの思想もやはり最近得たものだった。

生きるのに他者を殺すのは罪ではない。

そうした思想を認識した時、わたしは思考を取り戻し、人格を構築し、今のわたしになった。そして逆説的であるが、それから消えることを恐いと感じるようになったのだ。

考えなかった時には、何ひとつ恐れなんてなかったというのに。

今は、まだ来ていない未来にすら虞《おそれ》を抱いている。

消えることへの恐怖。

それは赤鳥美晴を殺しても日積亭を殺しても晴れることはなく、むしろ増していくようだった。これが罪の意識なら、わたしはきっと徐々に人間へ戻りつつあるのだろう。

殺すというのはとても簡単なこと。

すべては、いつかの本屋でわたしにそう教えた彼の影響かもしれない。

恨みはないが感謝もない。

よしんばそんなものがあったところで、好きな場所に現れることができないわたしには、望んで再び会うこともできない。心を探らなかったのでフルネームも知れないのだ。確か名札はしていたが、覚えていられるような印象深い名ではなかった。

「――電気人間」

遠くでわたしを呼ぶ声がし、躰の拡散が弱まった。

韮澤の声だった。怒鳴っている。

「――絶対、また呼び出してやるかんな！　オレのこと忘れんなよ！」

わたしはゆるやかに散った。人間なら笑えただろう。

のちに韮澤と組み、人間に仇《あだ》なす妖魔軍団と死闘を繰り広げることになろうとは、その時のわたしは知る由《よし》もなかった。

解説

1

「電気人間って知ってる？」

「……なんだって？」

「電気人間」

床暖房が物音を起てず室内を暖めていた。それでも冬の寒さは勝りがちだ。郊外住宅地のとある一戸建ての家の書斎には、彼ひとりしかいなかった。

「で、聞いたことはない？」

「若手のピン芸人かい」

電話越しの相手は寝起きだったらしくガラガラ声で答える。

そうじゃなくてさと彼は言った。おばけだよ。

「いや、おばけともまた違うのかなあ。とにかく、電気で人を殺す電気人間ってヤツが出てくる小説があるんだって。今度その本の文庫解説を頼まれて、もう八割方は書き上げているんだけど――」

真上にある照明が瞬《またた》いた。彼はびくっと肩を震わせ、その拍子に右手の指先がパソコンのマウスに触れると、ワープロソフトを開いた画面が上方にスクロールされて文頭に戻る。

解説

佳多山大地《かたやまだいち》
（ミステリ評論家）

型破りだ。それも、とびきりの。

『電氣人間《でんきにんげん》の虞《おそれ》』なる奇妙なタイトルから、この小説の内容を推し量ることはきわめて難しい。いや、じつのところ中身を読み終えてなお、どういう種類《ジャンル》の小説を読んだものか確《しか》とは語りづらいのである。

ただ、解説者としてまず言っておきたいのは、『電氣人間の虞』がとにかく途方もない〝驚き〟を蔵した小説だということ。この小説の終盤のある時点で、善良な読者は不意に見えない角度から強烈な蹴りを脳天に喰らったように、一瞬何が起きたのかさえわからない呆然とした状態に陥ってしまうだろう。痛みならぬ驚きの感情は、やがて猛烈な熱量で身内から沸き起こってくる——。

本著『電氣人間の虞』は、現代日本のミステリ界でひときわ異彩を放つ若手注目株、詠坂《よみさか》雄二《ゆうじ》が二〇〇九年に書き下ろした第三長篇に当たる。綾辻行人《あやつじゆきと》の激賞を受けて刊行された異色の学園ハードボイルド『リロ・グラ・シスタ』(二〇〇七年)、稀代の大量殺人犯《シリアル・キラー》の内面に迫る実録風犯罪小説『遠海《とおみ》事件』(二〇〇八年)と同じ架空の地方都市をメインステージにして、登場人物に一部重複はあるものの、完全に独立した話として成立している。

その本書に主人公は不在である、と断ずるのが適当だろう。あえて主人公に相応《ふさわ》しい人物(?)を探すなら、それは「電気人間」をおいてほかにいない。電気人間とは限定された地域で細々と語り続けられてきた都市伝説の主人公であり、かの怪物(?)は電気を自在に操って「綺麗に人を殺す」らしい。神出鬼没の電気人間は、壁や扉を物ともせず、標的《ターゲット》のすぐそばに姿なき姿を現すのだと。

物語はこの都市伝説の怪異をめぐり、静かに進行する。民俗学を専攻する女子大生、赤鳥《あかとり》美晴《みはる》が授業の課題で電気人間を取り上げるべく現地調査《フィールドワーク》を始めたところ、宿泊したビジネスホテルの一室で突然の心停止により冷たい骸《むくろ》をさらすことになる。赤鳥と顔見知りであれば、ホテルの部屋を訪ねて、中に入ることは難しくない。もし不慮の事故や不幸な病死でなければ、いったい誰がいかなる方法で彼女の命を無慈悲に奪い去ったのか？　赤鳥と幼なじみで〝年下の愛人〟でもあった男子高校生、日積亭《ひづみとおる》は被害者の仇《あだ》を討つべく彼女が死ぬ直前の足取りを丹念に辿るのだが……。

おっと、こうして冒頭の展開を紹介しただけでは、まるで日積少年が探偵役の謎解き小説ででもあるようだ。その予想は速やかに裏切られるにせよ、それでもこの小説の最大の見所が、やがて被害者は赤鳥一人にとどまらなかった連続不審死事件の犯人探し《フーダニット》にあることはまちがいない。怪奇色豊かな電気人間の都市伝説――赤鳥に倣って民俗学的に解釈すれば、電気人間とは医者も「心不全」と曖昧な死因判定を下すほかない突然の心臓死の悲劇を然《しか》るべく説明するため召喚された現代の妖怪と言うべきか――が不穏な空気を醸すなか、件《くだん》の噂の発生地点とおぼしい小学校で「怪奇調査部」なる怪しい部活に勤しむ少年少女の幼い恋を描いて生彩を放つ美点も見逃せない。

そして、じつに本書の肝は、独特の語り口にこそある。プロローグ風の「0」章に始まり、最終「24」章に至るまで、作中人物の誰かが「電気人間」もしくは「でんきにんげん」と語り出す場面からすべて書き起こされていることに読者は気づくはずだ。それは飄々たる作者の小説の細部へのこだわり、構成上の遊び心《ケレン》と評するだけでは収まらないのであるが——もし小説本篇を未読の向きはここで必ず立ち止まられるように！　これより先は本篇の結末部に触れて解説の筆を進めたいので、くれぐれもご注意のほどを。

*

すでに本篇を熟読玩味された向きは、あまりに意表を衝かれた驚きの余韻にまだどっぷり浸っているだろう。「23」章の終わりで韮澤《にらさわ》少年が顔を上げて「わたしを見た」とき、読者の頭の中は疑問符で埋め尽くされたはずだ。電気人間なる怪人の（この作品世界における）実在が明らかとなり、一連の不審死事件の真相が当の電気人間の口から暴露される最終「24」章の解決篇に読者は呆気にとられたろう。

電気人間の実在が示されて、ようやく読者はなぜこの小説を構成する二十五の章がすべて「電気人間／でんきにんげん」と発話されていたか理解できる。幕開きの「0」章から「23」章のラスト一行まで物語は三人称のいわゆる〈神の視点〉から記述されていると、そのようにわれわれ読者はすっかり思い込んでいたはずだ。だが、電気人間は「語ると現れる」のであり、かかるルールに則れば、すべての章において誰かが「電気人間」と口にした瞬間、かの人物のすぐそばに噂の電気人間は「じどうてき」に寄り添っていた。恐るべき電気人間こそ、電気人間について語る者どもを観察し、その内面をも読み取っていた特定の語り手だったのだ。

　そんな電気人間の観察記録が「0」章から積み重ねられたすえ、稀代の怪人は彼の姿を網膜に映す能力を得てしまった韮澤少年から接触《コンタクト》されたのをきっかけに、ついに「わたし」という一人称の語り手の実存を前面に押し出して最終「24」章を語り終える。すなわち、すべての章が「電気人間／でんきにんげん」と語り出されることは、「わたし」こと電気人間が出《で》突《づ》っぱりで物語を読者に提供していたことを裏打ちする伏線の束なのであり必然の仕掛けだったわけである。手垢にまみれた〈語り手＝犯人〉パターンに作者の詠坂は無二の奇手を放ち、見事なアクロバットを決めたと言っていいだろう。

　最終「24」章の末尾では、この『電氣人間の虞』という一巻の長篇小説が、おそらく長大なものになるだろう伝奇小説のプロローグとでも位置づけるほかないことがぬけぬけと〝予告〟されて幕が引かれる。なんとも人を食った最後の一撃《フイニッシユイング・ストローク》であるが、妖魔軍団とはいかにも荒唐無稽な

「電気人間に、まさか殺されたんじゃあないよな」

文庫版『電氣人間の虞』の編集担当者は、低く呟いた。解説は途中で終わっている。だがスクロールバーにはまだ余白があった。

続きがあるのだ。長い改行の果てに出てきた文章は、次のようなものだった。

2

語ると現れる。

人の思考を読む。

導体を流れ抜ける。

旧軍により作られる。

電気で綺麗に人を殺す。

電気で無慚に妖魔も殺す。

二〇〇九年九月　光文社刊

光文社文庫

電《でん》氣《き》人《にん》間《げん》の虞《おそれ》
著　者　詠《よみ》 坂《さか》 雄《ゆう》 二《じ》

2014年4月20日　初版1刷発行
2023年2月20日　2刷発行

発行者　三　宅　貴　久
印　刷　KPSプロダクツ
製　本　ナショナル製本

発行所　株式会社 光 文 社
〒112-8011　東京都文京区音羽1-16-6
電話 (03)5395-8149　編　集　部
8116　書籍販売部
8125　業　務　部

落丁本・乱丁本は業務部にご連絡くだされば、お取替えいたします。

ISBN978-4-334-76728-0　Printed in Japan

組版　萩原印刷